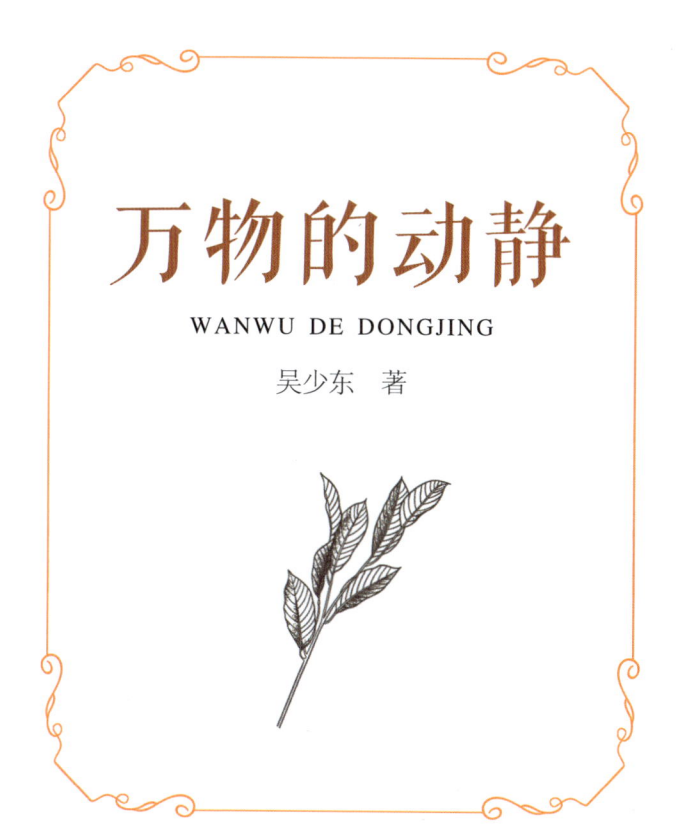

万物的动静

WANWU DE DONGJING

吴少东 著

时代出版传媒股份有限公司
安徽文艺出版社

图书在版编目（ＣＩＰ）数据

万物的动静/吴少东著.—合肥：安徽文艺出版社,2019.4
(2019.8重印)
 ISBN 978-7-5396-6601-3

Ⅰ.①万… Ⅱ.①吴… Ⅲ.①诗集－中国－当代
Ⅳ.①I227

中国版本图书馆CIP数据核字(2019)第040870号

出 版 人：段晓静
责任编辑：岑 杰 何 健　　　　　装帧设计：徐 睿
....
出版发行：时代出版传媒股份有限公司　www.press-mart.com
　　　　　安徽文艺出版社　　www.awpub.com
地　　址：合肥市翡翠路1118号　邮政编码：230071
营 销 部：(0551)63533889
印　　制：安徽联众印刷有限公司　(0551)65661327
....
开本：710×1010　1/16　印张：15.25　字数：200千字
版次：2019年4月第1版　2019年8月第2次印刷
定价：39.00元
....

(如发现印装质量问题，影响阅读，请与出版社联系调换)

版权所有，侵权必究

序一

中年"阳台":取景器与精神气候
——关于吴少东的诗歌读记
霍俊明

任何人都不拥有这片风景。在地平线上有一种财产无人可以拥有,除非此人的眼睛可以使所有这些部分整合成一体,这个人就是诗人。

——爱默生

我是一个倚赖夜晚又绝不肯轻易睡去的人。

——吴少东

试图去综合评价一个诗人,也许一本诗集是最恰切的入口,我们能够在尽可能完备的意义上发现一个诗人的长处和不足。吴少东最新的诗集《万物的动静》即将付梓,这也是我第一次全面地读吴少东的诗,读完之后的感受也仅仅为一孔之见。

在这个时代,诗人之间观光、碰面、喝酒、闲聊之类的邀相嬉戏的次数越来越多,而真正耐下心来谈诗的次数却越来越少了。值得注意的是,吴少东并不是一个行色匆匆的"与时俱进"的表层化现实的跟进者与仿写者,而是一个迟缓中年式的反复掂量的打磨者和时间漫溯者——"我忽然有春的消亡之感。/从茅草垂悬的水塘边漫衍开来的"(《我的虚无日子》)。当然,这个时代常见的景象(比如工业症、城市病)以及悬而未决的现实问题也以"深度描写"的方式出现在他的诗中,比如《责备》《夜晚的声响》《一座在建高楼的十三个喻体》等诗。而吴少东的"中年"诗歌写作的观察方式和精神姿态在当下具有一定的启示性。这让我们思考的是:在一个纷纷"向前"的时代,如何来一次驻足、凝视和"转身"的自省?在人人争先恐后赶往聚光灯的时候,如何在暗处感受幽微的心灵颤动?

在人人争相抒写现实的时候，诗人如何在那些逸出现实的部分找到暌违的灵魂隐秘之门？

当看到诗歌中的吴少东在黑夜的阳台和窗口不断现身的时候——与之相对的还有在骋怀盘桓以及游走和出行路上的怀想、回望、驻足、凝视（比如第三辑《三叠》中的诗），我想到的是每个优秀诗人几乎都持有一个特殊的"取景器"或认知装置，从而得以体察诸物、观照自我和俯仰流年。个人心象、精神气候甚至时代景观经由这个"取景器"而被放大和聚焦，模糊由此变得清晰，遥远因此转为切近，"我常被一些隐蔽的事物打动"（《沉寂》）。与此同时，就吴少东而言，这一观察位置又是与一个人的中年化的精神境遇直接关联的，其文本中频频现身的"阳台"因此就具有了中年化的精神气质。显然，"中年"是吴少东这本诗集中的关键词，与中年的迟缓、理性、回忆、精敏、失眠是缠绕在一起而不可二分的。有时这个阳台上的观察者又会走下楼去，更多的时候站在"水陆的边缘"，这是一种水仙式的精神映照和内观过程——过去和现在的龃龉、出世和入世的摩擦、短暂与恒常的抵牾，"常于河边观望"（《流淌》），"我们与河水反向而行"（《槐花》），"湖面上／有着我不能领悟的一面"（《湖畔》）。

这也正是所谓的目击成诗。"取景器""阳台""湖边"以及其他空间都是存在性体验的结果，附着其上的命运、现实、人情、世情、伦理、秩序都必然对写作产生影响，最终形成了特有的个人化景观和日常经验的风景学。

吴少东更像是一个少眠者、守夜人和夜游动物，他不断在参差明灭的夜色里盯着近处的栾树、杨树、远方模糊的树林、河流及远山，显然这是一次次精神对位的过程，也是一次次时间回望以及审视日常自我的校对过程——"这些夜晚发出的声响，是现象，也是回响"（《夜晚的声响》）"蓬松的《古文观止》里掉下一封信／那是父亲一辈子给我的唯一信件。／这封信我几乎遗忘，但我确定没有遗失。"（《孤篇》）。这是一个此刻的"我"对另一个曾经的"我"的反复打捞，这是当下的"我"、中年的"我"与曾经的

"我"、陌生的"我"、前世的"我"之间的彼此碰面和久别重逢,是来路、出路和退路之间的犹疑,"我认出从石壁中凸出的我。/一个在坚实的遮蔽中干涸已久/却浑身渗水的我。一个在黑暗中/拥挤多年的我。"(《光亮》)。这样的诗正印证了布罗茨基所说的诗歌是记忆的表达。这多像是一个清晨或暮晚在光滑的石井边提着木桶的汲水者——"突然松手的水桶跌入深井。/这些下坠的事物,每每让我眩晕。"(《二十楼的阳台》)"酢浆草的花,连片开了/我才发现中年的徒劳。/众鸟飞鸣,从一个枝头/到另一个枝头。每棵树/都停落过相同的鸟声"(《向晚过杉林遇吹箫人》)"我颓废的中年似乎尚未出现"(《所在》)"这几年,我像退水后的青石/止于河床。流水去了,不盼望/也不恐怕"(《二十楼的阳台》)"这几年,我吞食过许多药片/大小不一,形色各异。"(《悬空者Ⅱ》)"一个又一个我消失过/但跳出的,依旧是原来的我"(《天际线》)。至于《我的中年》这样的诗就更是一种无奈而尴尬的叹息了。由此,诗成了一种安慰剂,"其实我依旧在寻求/一剂白色的药/用一种白填充另一种空白"(《服药记》)。

在吴少东这里,经由他的"阳台",我们既看到了一个中年人的隐忧和愈益复杂的中年经验,又通过他视野中的黑夜、312国道、铁路和高速路、列车、运沙车以及更为遥远的西南经济开发区,在一个诗人的精神能见度中目睹了后工业化时代和城市化时代的"集体生活"和个人的真实面影。这种以个体主体性为前提又具有普世性的精神景观以及牵动人们视线和取景角度的动因、机制正是需要诗人来重新发现甚至命名的——当然也包括摄影家、建筑师以及田野考察和地理勘测者。

任何个体所看到或遭逢的世界都是局部的、有限的,而诗人正是由此境遇出发具有对陌生、不可见和隐秘之物进行观照的少数精敏群体。历史远景、现实近景、日常景象以及自我心象同时出现在吴少东的诗中,而精神性和隐喻化的"天际线"显然指向了极其开阔的空间,那是目极之处直视无碍的思接千载的所在。然而当下的写作者更多是局限于物化时代个人一时一地一己的所见所感,热衷的是"此刻""即时""当下""感官"和"欣快症",普遍缺乏来自个人又超越了个人的超拔能力与思想能力。无论是介入、反映还是呈现、表现都必然涉及主体和相关事物的关系。无论诗人是从阅读、经验和现实出发还是从冥想、超验和玄学的神秘叩问出发,建立于语言和修辞基础上的精神生活的真实性以及层次性才是可供信赖的。吴少东所展现的"万物的动静"更多的时候是从日常生活的视角出发的,比如他文本中反复出现的"阳台",这样所目睹的景观既是个人的、日常性的又是精神的和遥想的,而平面的碎片化的世界也在这种观照中变得更为立体和完整,"我曾持久观察高远的一处/寒星明灭,失之西隅/展翅的孤鹰,在气流里眩晕"(《悬空者》)。如今更多的时候这个中年的"悬空者"和钻进跳出生活"火圈"的人在城市的二十楼的阳台上于偶尔袭来的眩晕中俯身看着市井,抬头看着天气。甚至在一部分诗中,这种凝视和追记是与"生命时间"缠绕在一起的,这既是一种精神指引与思想淬炼和澡雪,也是不安、郁结的心神和渐渐松垮的中年身体状态被反复鞭击的结果,"始料未及的时日/我念及远方与河边的林木/枝条稀疏,透露左岸的空寂。"(《快雪时晴帖》)。这是纷扰的日常状态之余少有的凝神静观的过程——"近两年,我日益不愿加入人群"(《水陆的边缘》),也是当下和回溯交织的精神拉抻过程。这些从最日常的生活场景出发的诗携带的却是穿过针尖的精神风暴和庞大持久的情感载力。这是一个人的精神反视、内视、互看。无论是风雨交加、阴晴更替、日月流转的自然时序,还是日常流水的惯性,抑或行走途中的见闻身受,吴少东都能够尽己所能转换为精神化的现实和内心气候,在日益耗损的岁月中维护一个人内心湖水般的平静与深彻。这同时也是关乎个人和家族的命运史,关涉生死过往、此岸和彼岸对峙(对视)过程中的惶恐、劝慰和自挽。这在诗集的第二辑《孤篇》中得到了非常完备的体现,尤其是以《孤篇》和《描碑》为代表的个人传记和家族心灵史,读来令人唏嘘。

　　这种经由黑夜和中年的"阳台""取景器"出发所形成的正是"茶杯里

的风暴",实际上这更具有一种想象和精神的难度。我们常说的生活的边界正是诗歌的边界,而就吴少东的诗歌写作方式和观察路径我想补充的是"想象的边界也是生活的边界",二者体现了某种共通性结构。正如德里克·沃尔科特(圣卢西亚)所说:"改变我们的语言,首先必须改变我们的生活。"质言之,一个写作者的想象力和语言的边界都包含了他曾经的记忆方式以及观察当下生活的方式。我们的生活现场、内心潮汐与更为遥远不可知的外界之间存在着更为复杂的结构,在诗人这里是通过个人化的想象力和语言、修辞的求真意志才得以打通和完成的。诗人找到了内心与时间之间的那个秘密按钮,得以在黄昏和夤夜中随时摁亮内心的精神之灯,得以在幽暗和惊悸中维持照彻和安宁。吴少东的这些诗恰恰体现了一个诗人的精神小气候。甚至当我们不只是从碎片的日常生活和个人记忆史的维度来切入和考量吴少东的诗歌,而是注意到他身侧和内心的空间构造,注意到那些当下空间和过去时空间的对话,注意到南方和"远方"的精神气候在一个人的内心和语言中的渐渐积淀和显现,我们就会发现吴少东的诗歌还具有一种已经个人化和当代化的"文人性"和"古意"以及精神风物记的遗留,比如他的系列诗作《三叠》以及《向晚过杉林遇吹箫人》《快雪时晴帖》《敬亭山印象》《登敬亭山念及李白与李持盈》等诗。当然,在一个加速度的现代性的时间风暴中试图折返身做一个宁静无为的封闭状态的"古人"和隔着现代城市的水泥钢铁丛林与过去时的"故人"对弈,也许代表了一些诗人的内心向往(这是情理之中的现代乡愁使然)和精神愿景——"我一直在寻求某个季节的某一天/夏天的,秋天的,或冬天的;/不被生活拖扯得不得心安"(《小站》),但是这很大程度上是不可能实现的个体精神的乌托邦,山川风物也更多地抽空了一个现实人和当代人的骨血,甚至一不留神就会成为排斥了其他所有可能的异托邦。显然,吴少东并不试图去做这样的一个"古人",而是呈现出了一种意味深长的两种不同空间和文化情境的对话结构。甚至更多的时候是诗人面对另一个过去时的"我"的打量和盘问,这其中不免有龃龉和摩擦,有抵悟和盘诘。

　　吴少东在"阳台"上观望和自审，而这种精神取景器式的写作完成了一场接一场的"精神事件"。由此，写作就是自我和对旁人的"唤醒"，能够唤醒个体之间各不相同的经验。这恰恰体现了一个写作者的精神能力以及重新观照自我乃至叩访"精神现实"的思想能力。这一开放式的对话结构既是一个人求证自我的精神对位的过程，是一个人内化挖掘的过程，也是一个人不断向外敞开面向风物和社会万端的过程。那些风雪不只是落在地上，也集聚在了纸上和内心。关乎内外的精神装置是"心外无物"和小中见大、以小博大，是此刻和彼时、现在和未来、记忆和冥想之间的彼此交互，是焦灼与慰藉之间的此消彼长，"每天吞下的白色药片/永久蛰伏在腹部的疤痕/我左手常戴的一串佛珠。/我感觉不出重量。"(《附着物》)。人和一棵植物的命运在诗歌这里并没有本质区别，而是具有同等的诗性和重要性，而这回复到了真正意义上的"诗性正义"，"人和树面对面站着，各自都带有始初的力量，没有任何关联：两者都没有过去，而谁的未来会更好，则胜负难料，两者机会均等。"(布罗茨基《文明的孩子》)

　　这样的诗歌写作方式就避免了诗歌的乏味和枯燥，在多重视角、多元维度中诗歌变得充满了诸多可能性，附着物剔除之后是坚硬的骨架和清晰的走向。而这也恰恰是诗人创设能力的体现。这也正是自然时间和精神时间的相互渗透，是物理距离和思想能量的相互转化。这时，我想到了当年卞之琳的那首名诗《距离的组织》。想到了该诗中提及的重要的典故(《聊斋志异》的《白莲教》)："白莲教某者山西人，忘其姓名……某一日将他往，堂上置一盆，又一盆覆之，嘱门人坐守，戒勿启视。去后，门人启之，视盆贮清水，水上编草为舟，帆樯具焉。异而拨以指，随手倾侧。急扶如故，仍覆之。俄而师来，怒责'何违吾命'。门人立白其无。师曰：'适海中舟覆，何得欺我！'"是的，一个诗人的"天际线"正印证了通过诗人精敏的感受力和想象力得以最终完成的"距离的组织"，这是重组和过滤，也是转化和提升。这回到了微观与宏观、"心与物""词与物"的内在精神构造。由此,一个诗人才不会成为碎片化的此刻,才不会被强大的时间黑洞所消解掉。"我的盆舟没有人戏弄吗?"这是一种命运般的苍茫发问。

"阳台"上的取景器代表的正是诗人吴少东的凝视,而这一凝视状态将会变得越来越关键。因为匆促、迅疾的现代化景观使得当代诗人的感受力在空前降低,使得曾经的诗人特有的凝视被一个个即时性的碎片所打断,诗歌的精神能见度也随之降低。而诗人吴少东对己身、可见之物与他者和不可见之物的双重凝视与发现,使其诗歌具有更广阔和持久的精神穿透力。一个时代、一个空间的观察者必须有足够的耐心和足够优异的视力,以凝视的状态保存细节和个体的精神形象。这一细节和个人行为能够在瞬间打通整体性的时代景观以及精神大势。尤其是格外留意那些一闪而逝再也不出现的事物,以便维持细节与个人的及物性关联,以便发现万物"隐匿的运动"(《暴雪将至》)"夜晚有过一次隐秘的举动"(《光亮》)。

(霍俊明,著名评论家、诗人,中国作协创研部研究员,中国作协诗歌委员会委员,首都师范大学中国诗歌研究中心兼职研究员。)

序二

自我的一瞬和诗歌的一瞬
——序吴少东诗集《万物的动静》
杨庆祥

想起来,迄今为止,我见过吴少东三面。第一次是在安徽蚌埠举办的第34届青春诗会上,会议快结束了我才赶到。晚上十点多他在酒店大厅招呼大家喝茶,于是几个人从房间里端出茶杯、茶叶,就着一箱怀远石榴聊了一会,印象中并没有谈诗,告别时他送了我一本诗集《立夏书》。第二次是在合肥,这一次我们谈了很久的诗歌,坐在一个很雅致的茶楼的窗户边,爱好文艺的女老板在旁边殷勤沏茶。记得我当时下了一个断语,我说,少东兄的诗其实是有传播的潜力的——这个时候我已经读了几组他的诗歌,并对其语言和诗艺的娴熟而稍感惊讶——我以为他是半路出家,像很多厌倦了碎屑公务的人一样写诗聊以安慰。但很快我就了解到,事实并非如此,他早在学生时代即开始创作,虽然未曾踊跃参与20世纪80年代中国诗歌黄金时期的狂潮,但也曾在现场感受其鲜活的热度。他写作的中断和那个时代的很多青年一样,在历史的大潮中蛰伏,将诗歌写作的激情转化为尘世生活的智慧,只不过,精神性的诱惑一直没有远离,等他再拾起笔,恍然已过不惑。但也没有关系,真正的写作虽然无法摆脱年代学,但也从来没有被年代学控制过。那次聊到晚上,后来梁小斌悄然而至,再后来又有一帮从事各种不同职业的诗人轰然而至,然后吃饭、喝酒,再看吴少东,已经泯于人群,一道喧哗沸腾起来。最近一次见面,是在北京,新时代诗歌论坛的现场。这一次我因为公务繁忙,发完言后即离场,只是匆匆打了一个招呼,回来的时候翻看他前一段发给我的诗集电子版,突然看到这么一句:"我们都在各自的途中",心想,还真是应时应景。

这部诗集分为三编,收入诗作130余首。诗集以短诗《烈日》开篇:

礼拜天的下午,我进入丛林

看见一位园林工正在砍伐

一棵枯死的杨树。

每一斧子下去,都有

众多的黄叶震落。

每一斧子下去,都有

许多的光亮漏下。

最后一斧,杨树倾斜倒下

炙烈的阳光轰然砸在地上

这是一个日常的场景,普通得不能再普通,但通过吴少东的诗人之眼和诗歌语言,这日常的场景具有了某种超越性:杨树联结着大地和阳光,即使在枯死并被砍伐之后,依然以牺牲的方式将烈日导引到大地之上。这枯死的杨树简直就像凡·高著名的油画《农夫》里的那双破损的鞋,正如海德格尔所评价的"用劳作的方式将大地的承受性展示在我们面前"。从诗艺的角度看,诗人仅仅用了一个动作"砍伐",就使得这幅静止的画面动了起来,并构成了一种富有张力的紧张感。

《苹果》则是另外一首关注度很高的诗歌,获得了很多的赞赏和解读。诗人梁小斌甚至幽默地评论道:"没有被吴少东削过的苹果,根本就不算苹果了。"我第一次读到这首诗的时候也颇为惊艳,这首诗从最日常的静物入手,展开的却是对"存在"这一抽象性命题的思考。诗歌起手句是"儿子自小拒绝吃带皮的苹果/我百思不解。"然后立即转入对这种"思"的想象性关联,于是,苹果不再是日常的静物苹果,而是发生了诸多的变形:苹果是满月,苹果是地球,苹果是足球篮球,苹果是分子原子质子……不仅如此,苹果还是圆,是分流,是对立,是孤悬,是在概念之内同时又在概念之外的事物——总而言之,"用一个苹果作喻体,说出我的主旨是困难的。"诗人祝凤鸣认为这首诗带有某种"玄"的气质,可以定义为一种玄言诗。这正是看出了《苹果》这首诗涉及了语言与存在之间的复杂关系。在我看来,《苹果》这首诗是吴少东的一首神来之作,他几乎是无意识地揭示出了"人言"与存在之间的关系,"人言"不是圣言,在这个意义上,"人言"其实无法表达出存在。现代的困境是,一方面"人言"已经无法表达存在,另外一方面却是"人言"以泛滥的方式不停地试图命名存在。《苹果》恰好是要从这种命名的冲动里逃逸出来,用一种混沌的方式来面对存在,并在此过程中放弃一个粗暴且自恋的人类自我——在很多时候,我们这个自我过于强大而破坏了存在和语言本身的丰富和深刻。在这个意义上,《苹果》回应了"道"——道可道,非常道;名可名,非常名。

我们当然不能据此就以为吴少东是一位哲学家,并以为他的诗歌就是为了表达某种高深的哲学思想。我想说的是,非也,这不是吴少东所追求的东西,他最大的抽象不过是在《悬空者》中作如下的思考:

我思之者大,大过海洋与陆地
我思之者小,小于立锥之地
我之思,依然是矛与盾的形态

相反,在更多的时候,吴少东不是一位抽象的诗人,或者说,吴少东总是将他的抽象性建立在极其具体的日常性和生活经验之中,他有时候甚至都不愿意抽离出来。宇文所安曾经论及中国诗歌的两种写作模式:一是以内心冲动为诗;二是以模仿客观世界,尤其是摹写山水园林为诗。前者重视灵感、神性和天才,后者重视观察、经验和修辞。如果非要做这样的区分,我觉得吴少东的诗歌写作更倾向于后者:他虽然也有灵感的突现,但是他没有被这种"冲动性"所控制,相反,他以观察和经验来锻炼、打磨他的内在性冲动,从而获得一种经验和冲动的平衡。这在他的很多首以"中年"自居的诗歌中有很好的体现:

酢浆草的花,连片开了
我才发现中年的徒劳。
众鸟飞鸣,从一个枝头
到另一个枝头。每棵树
都停落过相同的鸟声

——《向晚过杉林遇吹箫人》

进入中年后,一些习性
固定下来了。内宽,外远
相信缓慢的力量。
责备体制机制,也责备
自己的颓废。我指尖的皮
蜕过一层又一层,
一圈又一圈的涡纹依然清晰

——《灯火》

我以整个中年迎上去
紧逼,抢断,解围在瞬间。
我的反击依然强大

——《汁液》

人进中年,我依然偏爱局限的美
那些宽阔,我已走过来了。
我视整张宣纸无一物,只偏爱
旁逸的枯枝与一条白眼朝天的鱼

——《停车场尽头的一棵栾树》

11

这些诗与前面的《烈日》《苹果》等诗形成了一种对比,如果说前面的那些诗歌是紧张的、对峙的,充满了思辨色彩,并以一种哲思予以层层之推进,那么,这些诗歌就是松弛的、弹性的,充满了一种人生的况味和清欢,也没有一种目的论的指向。这些诗歌是吴少东的另外一个形象,他将更多的东西藏起来——"我让过我自己"——他当然不会真的这么做,这只是他自我的一瞬和诗歌的一瞬,就像那些紧张、对峙和哲思的抽象也是自我的一瞬和诗歌的一瞬一样,它们同时并存,它们平等且互不反对,它们共同构成了吴少东的诗歌和美学。

综合而言,吴少东的诗歌饱满、圆润、富有质地。他取材日常又超越日常,他汲汲于经验又抽离着经验。他的诗艺成熟且独具个人魅力,并能够在有效的阅读和传播中获得长久的生命力。

(杨庆祥,著名诗人、批评家,中国人民大学文学院副院长,中国现代文学馆特邀研究员,中国作协诗歌委员会委员,第九届茅盾文学奖评委。)

目录

序一　中年"阳台":取景器与精神气候　1
　　　——关于吴少东的诗歌读记(霍俊明)
序二　自我的一瞬和诗歌的一瞬　8
　　　——序吴少东诗集《万物的动静》(杨庆祥)

第一辑　烈日

烈日　3
向晚过杉林遇吹箫人　4
立夏书　6
所在　8
苹果　10
二十楼的阳台　13
悬空者Ⅰ　15
悬空者Ⅱ　16
偶然性　17
附着物　19
小站　20
天际线　21

服药记　23

拔牙记　25

快雪时晴帖　26

暴雨　29

暴雪将至　30

给予　32

梧桐颂　33

我的中年　35

一周　36

观感　37

奔跑　38

节日　40

春风误　42

夏至　44

秋风过　46

雪限　48

那场雨还未下来　49

光亮　51

清晨　53

扔掉的早晨　54

首日的暮晚　55

天气　56

水陆的边缘　58

脾气　60

寅时　61

惶恐　62

我想见一个暗黑如海的夜晚　65

夜晚的声响　67

回落，或缩小　70

停车场尽头的一棵栾树　71

清晨取车未果　73

如释　75

我的虚无日子　76

责备　78

新雪——题黄震雕塑《天问》　80

一座在建高楼的十三个喻体　82

湖边的暴走者　84

打击的碎片　86

细碎的雪一早就下着　88

积雪正在融化　90

春风令　91

五月袭来　93

以外　95

我梦见大河如同峡谷　97

第二辑　孤篇

孤篇　101

描碑　102

灯火　105

阳台上的空花盆　106

青石——给父亲　107

伸往水中的青石　109

雨声　110

葬礼归来　　112

仪式感　　113

欣闻国际天文学家研究小组在水瓶星座中发现
围绕TRAPPIST-1运转的七颗类地行星　　115

冈仁波齐　　116

水底之剑　　118

流淌　　120

梦想　　122

中秋夜与儿对弈　　124

空港　　126

湖畔　　127

槐花　　128

中原雨夜　　130

沉寂　　131

汁液　　133

震颤　　134

七夕,我们什么都不说好吗　　136

第三辑　三叠

在贝子庙　　141

乌拉盖的夜　　142

拜炎帝陵　　144

过梅岭驿道　　146

在亳州　　148

那座山,那汪潭　　150

敬亭山印象　　152

登敬亭山念及李白与李持盈　　153

贺兰山阙　　154

在恒山　　156

七夕,从日月山到青海湖　　157

古宁头的夜晚　　159

过浑河　　160

赴醴陵　　161

情至论或南尖岩及雾　　162

在遂昌石坑口村听昆曲十番　　164

慢过六尺巷　　165

在太仓:从浏河到长江口　　166

在泸州　　168

苦夏三叠　　170

　　苦夏Ⅰ　　170

　　苦夏Ⅱ　　171

　　苦夏Ⅲ　　172

与子书三叠　　174

　　与孔子书　　174

　　与庄子书　　175

　　与墨子书　　176

秋浦三叠　　178

　　秋浦河畔念李白　　178

　　秋浦河漂流后返钓鱼台　　179

　　游白石岭至百丈崖一线　　180

濮塘三叠　　182

　　湖光与云影　　182

　　进山遇古白果树　　183

5

白露次日午后观濮塘竹海　184

庐江三帖　186
　　　在大堰塘观白鹭飞　186
　　　实际禅寺的蝉声　187
　　　谒周瑜墓　188

临泉三帖　189
　　　民国临泉县衙旁的向日葵　189
　　　赴木一博览园途中　190
　　　在临泉县城西瞻拜古银杏树　191

金寨三叠　192
　　　马鬃岭随想　192
　　　十二檀　193
　　　在吴家店与中心学校初中生跳绳　194

科尔沁三叠　196
　　　在扎鲁特草原仰望星空　196
　　　宝古图滑沙　197
　　　在双合尔山白塔旁　198

煤桃三叠　200
　　　地球是一只光明的灯笼　200
　　　炽热的深度　201
　　　夭夭之桃　203

拜四门塔　205

江南的香樟　207

亮马河的第二夜　209

二道白河畔的岳桦　210

在苏嘉杭高速公路上　211

观迎驾酒厂女工踩曲　213

过太仆寺旗　　215

去年此时，与余怒、罗亮同游桃花潭　　217

皖南　　218

在皖南想起李白　　219

在乌拉盖看杀羊　　221

后记　　224

第一辑

烈 日

烈　日

礼拜天的下午,我进入丛林
看见一位园林工正在砍伐
一棵枯死的杨树。
每一斧子下去,都有
众多的黄叶震落。
每一斧子下去,都有
许多的光亮漏下。
最后一斧,杨树倾斜倒下
炙烈的阳光轰然砸在地上

向晚过杉林遇吹箫人

酢浆草的花,连片开了
我才发现中年的徒劳。
众鸟飞鸣,从一个枝头
到另一个枝头。每棵树
都停落过相同的鸟声

曾无数次快步穿过这片丛林
回避草木的命名与春天的艳俗。
老去的时光里,我不愿结识更多人
也渐渐疏离一些外表光鲜的故人。
独自在林中走,不理遛狗的人
也不理以背撞树的人和对着河流
大喊的人。常侧身让道,让过
表情端肃,或志得意满的短暂影子
让过迎面或背后走来的赶路者。
我让过我自己

直到昨天,在一片杉林中
我遇见枯坐如桩的吹箫人。
驻足与他攀谈,我说
流泉,山涧,空蒙的湖面。
他笑,又笑,他一动不动,

像伐去枝干的树桩。忧伤
生出高高的新叶

转身后,想了想,这些年
我背负的诗句与切口——
六孔的,八孔的,像一管箫
竹的习性还在

立夏书

我必须说清楚
今夏最美的一刻
是它犹豫的瞬间

这一天,
我们宜食蔬果和粗粮
调养渐长的阳气。
这一天的清晨,风穿过青石
心中的惊雷没有响起。
这一天的午后
小麦扬花灌浆,油菜从青变黄

我们喝下第一口消暑之水
薅除满月草,打开经年的藏冰
坚硬而凛冽。南风鼓噪
坂坡渐去,你无需命名
这一白亮的现象。就像一条直线
就像平躺的春光,你无法测度它
从左到右的深度。你无需测度

这一天的夜晚充满
多重的隐喻

从欲望到担当,从水草缠绕的湖底
到裂石而生的桦树。这一日的前行
几乎颠覆我
对农历的看法

所　在

雷声滚过高空时，
我买药归来，
提着温经散寒的几味药
站在一株暮春的槐树下。
预设的一场朝雨没有出现

妻子偕儿进香去了。
我见过那座山下的庙宇
它的墙面是明黄色的。
此时我脚边落下的槐树叶子
也是明黄色的。
我们携带迥异的浮世之脸
但慈悲有着相同的光芒

早晨我将一壶沸水冷却
分倒在三只杯子里，
他们娘俩各带满杯虔诚
剩下的一杯佐我服药。
我的体内充满悖论。
化解我的那一粒白色药片
无疑是慈悲的

而从锡箔里破壁而出
在地板上滚过雷声
却无处找寻的那一粒
也是慈悲的。
我颓废的中年似乎尚未出现

苹　果

儿子自小拒绝吃带皮的苹果
我百思不解。一个天然的果实排斥另一个
果实,一条在春天就开始分岔的河流。
我们只好将红色的绿色的黄色的皮
削去,这卷曲的彩色正是他
一度所热爱的。他三岁时用过这几种油彩
绘就一幅斑斓的地球。而现在,我们削去它
从极地,沿着纬度一圈一圈削去

在他的意识里,劳作、直立或旁逸的植物与
果实是分立的。苹果是孤悬于
空中的一轮朝阳或满月。"看不见它
是因为云朵","风吹开树叶能看见许多苹果"。
未来的理工男侃侃而谈,圆规画出的圆
处处都是起点,开普勒的星球绕行说却
没有起点,分子、原子、质子也是如此。
唯物主义于科学的贡献仅限于存在
存在是最大的苹果。
在对立、对冲、兑换的春日,充当
一个被岁月剥蚀的说教者,是乏力的。
常觉着自己站在大地的尽头,看波浪一圈圈
弹开,像正在削去的果皮,或像

滚出去的一团毛线,被抽离,被缩小。
对称、对峙、对错的核心
瞬间化为乌有

用一个苹果做喻体,说出
我的主旨是困难的。比如整体与独立,比如
平衡、方法与耐心,比如……
"足球和篮球就是两个大苹果",他轻松将
苹果与詹姆斯、梅西、科比、C罗联系起来。
划着弧线飞行的皮球,多像正削皮的苹果啊。
这两件物什,正是我和中国的缺失。
欧美人能将充满空气的苹果,轻而易举地
置于或大或小、或高或低的篮网里,我却不能
将一个洗了褪色的苹果,放在盘中
让他完整啃噬。这让我
非常懊恼。我们甚至将苹果
切成片状,盛在碟中,插上钢叉
送至他凌乱的书桌。
他用现象打败了源头。现时的我们恰恰没有
一个很好的现象。苹果
没有从预设的枝头落下,我的本领
正在恐慌。每每此时,总想起
在酒店,他用刀叉自如分离
七分熟的牛排,剔骨无声,游刃有余。
我像一双弃用的筷子

平常,绷紧的苹果,期待的只是
一把刀子。我却在说服一只苹果
长出香蕉的模式

二十楼的阳台

初夏的阳光还离我远
还停顿在暮春,没有从我的头顶
垂下,限我于立锥之地。
平斜着,像一把刀,从我的身旁
透出,将高楼的影子推来,压在
草坪上,压在匡河上,压向
更远的国道。像一座孤峰
完整的倾倒

这几年,我像退水后的青石
止于河床。流水去了,不盼望
也不恐怕。不拘于栖身的淤泥与
缠绕的水草,依旧守清白之身
寂居于河床上,将风声当水声。
常在二十楼的阳台上思考世界与
一些断裂的句子。巨石浮于天空
我浮于悬空的领地。在这里
我可以放过自己和自己的敌人,模糊
意识与意义。一朵花可以是荼蘼的病句
匆忙的人群可以是泼在地上的一瓢水。
楼下卖麻辣串的推车与泊在路边的宝马
是同一个概念。美女与妓女,

呼啸的快车道旁的花与围墙内的花,
是同一个概念。她们没有面目。
她们面目全非。她们在大地上
有许多面目。如同这些年
我刻意避开的小众,与政客嘴脸

想见过,也亲见过
花园的颓废,不远处跨过有水或
无水的桥的断落。
见过彩虹的分崩离析,一座座
高山坍为乱石。见过
突然松手的水桶跌入深井。
这些下坠的事物,每每让我晕眩。
我曾把自己关在宾馆的房间里
站在床上,反复练习晕眩——闭眼、直立
倒下,像一棵古木正被伐倒。
把自己带近峭壁,退一步,或者
纵身一跃

在二十楼的阳台上,我目睹了
二十一世纪废墟的高度
楼宇的灯盏如飞雪

悬空者 I

我曾持久观察高远的一处
寒星明灭,失之西隅
展翅的孤鹰,在气流里眩晕

我曾在二十楼的阳台上眩晕。
那一刻,思之以形,而忘了具体
无视一棵栾树,花黄果红

譬如飞机腾空后,我从不虑生死
只在意一尺的人生
一架山岭,淡于另一架山岭

曾设想是一颗绝望的脱轨的卫星
在太空中一圈一圈地绕啊
无所谓叛离与接纳

我思之者大,大过海洋与陆地
我思之者小,小于立锥之地
我之思,依然是矛与盾的形态

悬空者 Ⅱ

我的痛悬在我的胸口
但不能确定位置。
岩浆在地壳下奔突,冲击我
薄弱的山河

这几年,我吞食过许多药片
大小不一,形色各异。
我的体内悬挂朝阳
也蓄满了耐药的落日

我的痛,明亮又明显
但一直悬而未决。
湖面上枯荷铁画银钩
我却一字也不能念出

风压低了林梢,露出
塔尖,将阳光掏空
将垂柳抛往高处。
我的午后晃荡不已

偶然性

重阳夜我们围着一桌火红的龙虾
把酒聊天,聊历史的偶然性。
那么多人聚在馆中,
面对一盘盘麻辣的空山
不知原籍,也不知历程,拆解
一座又一座肉身的金字塔。
我们剥去坚硬的外壳
说一些柔软的话,
内心震动又激动

困苦又清乐的青春,一支一支
打出去了,整齐的城墙早已颓毁。
一群人有过相同的经历
一群人有了蜕不去的来历。
婚恋与我们的各自所得,
来路那么偶然,像光滑的麻将牌
被巧合的手码在了一起
寻碰另一支相同或相近的牌出现
推倒自己,推倒自以为紧固的排列

退守途中压着我们的,只是一块
崩落的碎石,有时是飞行后

飘落的羽毛。偶然性没轻没重。
是这一个,而不是那一个。
令我至今不能平复的是
我非王在潜邸时惺惺相惜的
那一个。
是这棵树青黄相蚀的落叶
被风,推在了那一棵树下

附着物

此刻,我看着溪流中的游鱼,
想着它的一生与我的半辈子。
万物有太多的沾染,而鱼除了
托付的水,只有最后的刀锋。
我摆脱不开的东西太多了。
每天吞下的白色药片
永久蛰伏在腹部的疤痕
我左手常戴的一串佛珠
我感觉不出重量

小 站

一个人在月台上踱步
南风顺着轨道吹来,
许多人乘早班车走了。
群山若荡开的一层层括号。
此刻空旷,没有释言

从没在最感适意的地方住过
我一直在寻求某个季节的某一天
夏天的,秋天的,或冬天的;
不被生活拖扯得不得心安,不像
这春风中不可抑制的绿;
某个午后,不是离开,而是到达
快捷出入小站,
在某地,盘桓数日

站外,山另一侧的那地方
有各种不同的天空,
湖水四时各异,林壑尤美。
夜晚,粗大的星星
让我激动

天际线

我曾从飞机的舷窗,观望过天际线
一道弧形的细云围住大地
蓝与白的咬合处,一线白亮
没有什么出现,或消失
晚霞绵延,像一个发烫的火圈
等待老虎,跃起,钻过去

那一刻,我忽视弧线之下
被罩住的人寰。
人类生动的实践,我看不见
万物的动静,我看不见。
我甚至不去想
等候已久的一场晚宴。
我的想法脱离实际
没有上与下,只有
里与外。没有天上人间
只有天地内外

这些年,我常在湖边绕行
累了,就伫立,或坐在石头上
察看水波推远的城市。
闪烁着灯火的天际线

与我在飞机上看到的
没有什么不同。
几十年来,我穿梭其中
钻过的一个又一个火圈
没有什么不同。
一个又一个我消失过
但跳出的,依旧是原来的我

服药记

我依赖一剂白色的药
安度时日

每天清晨,我漱清口中的宿醉
吞下一粒,化解经络里的块垒
让昼夜奔跑的血液的马
慢下来,匀速地跑
有力的蹄声,越过
倒伏的栎树,明确自己
又过了一程又一程

药片很白,像枚棋子
掀开封闭的铝箔,提走它
在体内布下两难的局面
无所谓胜负手,提子开花
以打劫求得气数
每走一步,都填平陷阱

我想以你入药,融于肉身
陪我周旋快逝的时光
制我的狂怒和萎靡
唤我跃出每日的坑井

我视你为日历，一板三十颗
日啖一粒，月复一月，忘了亏盈
像技艺高超的工兵，排除雷
排除脑中的巨响

其实我依旧在寻求
一剂白色的药
用一种白填充另一种空白

拔牙记

女牙医将拔下的病牙
端到我眼前说:
"你这颗牙咬得太深了,
创口较大,可能要疼几天。"

青春过后,我一直紧咬牙关
不能松口,更不愿松口
最忧伤的汉语淤积胸中
我不会吐露半个字

悲痛欲绝的人事已经过去
压制我的山峰也已拔除
我只在夜晚用月亮的口型
喘息,用舌头舔舐缺口

不要怀疑我写下的分行文字
那些都是真诚的。那些
鱼泡般顶出水面又破裂的
都是我能够告诉这世界的

开始老去的肉身并没让我气馁

快雪时晴帖

羲之顿首:快雪时晴,佳。
想安善。未果,为结。
力不次。王羲之顿首。山阴张侯。
——王羲之《快雪时晴帖》

我知道这短暂的雪
死于纷飞
圆净、势缓、敛隐
外耀的锋芒,
过程,不疾不徐
每一片都不及模仿

始料未及的时日
我念及远方与河边的林木
枝条稀疏,透露左岸的空寂。
雪没入河水,之前无声
之后无痕,像一场
匆匆的爱情。天空
有着噬心的留白。
农历年一开始
就乱蓬蓬的,像这
无序的飞雪

我会在雪住后、风之前

拂去积雪,认出

青石上的闪电。

这寒冷的绳索勒紧我

也曾指引我

这些年

我一直怀抱青石

穿越昏迷的冬日,

在坚硬的层面,应对

局面和设下的经纬

宛如繁星的一盘棋

让你执黑,我执白,让你

先手,提走我,就像

阳光融雪为水,水

消隐泥土,是为了忘却过往

我们的每一笔钩挑波撇

这掩埋大地的冬天

被电梯夹扁的脑袋

被关闭的三道重门

与我何干

翌日阳光大好

积雪未及融去,远空

湛蓝、鲜润

若周身无痕的皮肤。

你在远方,想必安好。
风过也,松枝飘落
粉碎之雪
让我重又郁结。
不说了,
少东顿首

暴 雨

暴雨骤然下来时
我们正在大厦里讨论
一个城市的历史

起初并不知道雨有多大
争论的缝隙间,传来雷声
我们暂停了该市三千年的沿革

雨点没有直击大地
风将其成片推移又瓢泼出去
一排白亮的刷子在空中摆动

暴雪将至

午后起一场雨说下就下了
雨量渐大,河水依然暗淡
光秃的树枝与锈蚀的桥栏
滴着比雨点大的水滴
觉察不出城市的变化
觉察不到雨中的荒草更枯
铅灰与浑黄散漫的天空
不见雪藏的云层

但暴雪将至
气象局连发三通专报
河畔断落的枝条与
更远处农田里的新苗及残茬
将被一场大雪覆盖
正在生成的雪将刷白
所有高楼与墓碑
也将增添人世的高度

暴雪将至
长江中下游平原将有
一次隐匿的运动
我们每天拥堵的路途

也将被预知的雪铺陈一新
我们目击的喧嚣与无奈
会被普遍掩埋——
暴雪将至,暴雪将至

给 予

昨天午后,在琥珀潭[1]边
我投下一粒石子,细浪似
绞索,比爱情消逝得更快

傍晚时,我又向潭心掷下
一块石头。石破天惊
泅渡的山峦,如
慌神的溺水的虎豹

天光云影散去
没有一重浪
能够拍及彼岸

---

[1] 琥珀潭,合肥的一片水域名。

梧桐颂

我就是那位在
夕光中抵达的人。你们可以
借助日晷、钟声和塔的阴影
计算我一贯的精准。
寒露时我会飘落
枯焦的痂皮,
每个春天
被斫去的手臂都会长出
经年的疼痛

这些年
我并没有迁徙,没有被
拔出深陷的泥土。我就在你们的身旁
我有我初夏的法则
失去的荫翳,使我的天空
更加开阔,我看得见
钉满金星的夜空。我就在
你们的必经之路上,就在
呼啸的花园旁边

我没有与你们结伴而行
我一直穿越的路径

布满林立的石碑

这些失去双臂的华表

绝非形同虚设——

没有蓊郁的版图

新生的枝头也会

悬挂一个不同的世界

我的中年

我从另一个城市,踏上
回程的动车时
妻子正在空中航行。她要
出席东京的一个项目推介会
几乎每个月,她都要
飞来飞去。
而我的儿子,此刻正坐在
高铁的某节车厢里,戴着耳机
听歌,用微信与同学聊天
他常为一场篮球赛或足球赛
拒绝我们的轮番挽留
果断提前返校

我们难有完整的聚会
我们都在各自的途中

一　周

星期一,林中的晨雾逐渐

散去,蜿蜒的路恢复常态

这一天,风和云都在远方

我用整个星期二回想

那时的湛蓝及我们的偶遇

星期三,悬空的庙宇如盛酒之樽

我寻找禅意的支点

星期四,一把覆满霜花的扇子

打败了八月,露从今夜白

这一天从清晨到夜晚

有人坚持面对缓流的水吼啸

我则把星期五当作结束或开始

星期六,我怀抱青石

在落满槐花的湖边暴走,横渡的波浪

没有彼岸、此岸

星期日,一座大厦开始坍塌

其坠落之重、飞尘之轻

于我皆是疼痛

观　感

我喜欢站在阳台上察看门前的淝河
一场大雪后岸边丛林稀疏到了极致
直视无碍，可见一片完整的河水。
上周阳光大好时，我见
每一层浪，都附着白亮的光，
逆着水流不停地闪耀。
刚才一只白鹭侧身飞过河面，
雾霾充斥的天气映照在水里。
这尖锐的白与钝阔的浑黄
让我确信另一场飞雪翌日将至。
想想这些年，我不改变立场
不以分裂自身换得局限的嬗变
也没有什么好后悔的——
出于爱，我也一直没有放弃你们

奔　跑

当我停下时
才听见奔跑的声音

这片密林我曾穿过多回。
阔叶与松针混杂,一场战争
结束多年,剑与盾牌
选择了同一松软的场域。
像一座大厦里的驼色地毯,
我参会,谈判,赴宴,被召见
每踩一回,都闻听腐朽之声。
风,擦着廊柱和树梢,
没有吹动我头发,或衣角

几个大陆的远山
冰峰在消融,我没有亲见
也没有听见。
最高的岩石掩埋在
白云和白雪中。
皓首穷经的书生
一直在对立的峡谷里
奔跑

关于路径问题,依然悬而未决。
许多树根下围着积雪,
但已不再蔓延和重新圈画
寒冷的句号。
我们各自陈述,深潭中的浮冰
林外的星空。陈述光的疲惫。
我们的不同在于,我不持有
闪烁其词的松针。
我奔跑。我捡拾
阔叶林里宽厚的落叶

节　日

我在枕上听雨
落下的声音。看不见的雨
穿过夜幕,拍打
院子里的地砖、石头的台阶,
拍打棕榈和所有包裹钢铁的建筑。
扁平的城市,像散落的编钟
每一片都发出异响

二月的丛林稀疏到了极致。
没有雨,能触及相同的枝头。
如我们越来越少的相亲
如我们日益雷同的日常,
而雨,并不能让它更泥泞。
稀朗的落地之声
早已疲惫至极

黑暗的雨水扑进河面
河水依旧往南流淌。
一浪又一浪,来不及避让
一程又一程,忘记了岸线
忘记了一种水,投入
另一种水,一次水声

掩盖另一次水声。
第一声穿过雨线的春雷
只是对一个季节的告诫

倾听雨砸向寂静的马路
砸向移动的河面,
从打着轮廓线的高楼上滑落。
我们从来无法界定雨的声响。
一滴雨在飞落中
咬紧牙关,或被捂住嘴巴
不想世界听到它的痛,或快。
你在枕上听到的破碎之声
无非是左一声右一声的叹息

春风误

这些天,我依旧没有出门。
我厌倦出门,与无法改变自我
求证自我的人们一起,
在风吹草动时,惊呼花开,惊呼
枝绿,又跳出一片新叶。我知道
叶子,依然是忍耐了一冬的叶子,
去年飘过的云,又落在了湖心

闭门阅读。听见隔壁的狗吠。
忽视人类自身的伪动物保护者
令人生厌。我一直无法原谅
以食物、私念和强力改变
天性的统治者。我敬畏阳台上
无语生长的悬空的花草。
我每翻过一页,它们就摇动一下
地板上的阳光就拖过一寸,
无须擦拭疑似的灰尘与光阴

窗外,春风正一阵阵吹过
但那不是我的。肿胀的桃枝
不是我的,香气罩体的玉兰
也不是我的。水蛇蜕去了完整的皮

我的棉衣还未脱下。我一直
怀抱着一个冬日。而春天
像一场隔岸的大火

夏　至

我们将以两种方式
度过今天
分明的光景

白昼狭长，夜色短阔
你的选择可以次第展开。
但这并不能阻止
塔的尖刺收集
最长的蝉鸣与
我们胸前闪电般的清辉。
这一天的喧响
有着明显的界限

许多年了，
在我们抵达
隐秘的弧线之前，
有着种种预见的可能。
这一天
有着忽明忽暗的誓言。
一滴最先落下的水，会漫过
北方的斜坡，
干裂的石头会

渗出烧焦的涛音,风
会吹翻树叶的光亮。
骰子般的星空,会布排
多年未见的残局。
这一天,
顺着打满苦结的井绳,我们找着
悲欣交加的呼吸

这一天啊,
暮色未合
暮色四合。
紊乱的钟声,对抗
徘徊的光芒

秋风过

秋天凭空泻下
白云是倾斜的。
一只鸟
飞了一程又一程
逐渐变小的箭镞
正射向孤独的核心

立秋过去了
处暑过去了
白露过去了
我没有选择秋分那一天
平分世间的黑白。那一天
梦想和现实对抗,等距而完整,
悬空的花园
有着庞大的投影

我曾反复推算农历的运行
寒露、霜降与候鸟的归期。
其实,一棵树的寂寞
绝非它的孤立。
根的闪电的熄灭
是无声的。

落叶与箭矢一样
在脱离的瞬间
就已死亡。坠落
只是过程,
与方向无关
与惊散的夕光无关

只是
秋声和你
一样高远,而我
立于风与你的过程中

雪 限

那晚踏雪归,想到林教头
将花枪和酒葫芦埋在雪里。
豹子头在五内奋蹄,
想撞开铁幕

三天后,雪开始消融。
一张宣纸透出墨点,透出
大地的原味。丛林从积雪中
露出许多鼻孔。退潮时的泡沫
不断积聚,不断破灭,重现
湖水的黑暗。岛屿露出水面。
麦苗与油菜周遭留白,其实都是
残雪。美人的手臂与锁骨
那么冷艳,那么凉白

身旁的山神庙与心中的梁山
相距不远,只在灰烬的两端。
风雪夜,一场大火就能将其
连成一片。
榆树枝横斜,筑细长的雪脊
给我与这世界划一条界限

那场雨还未下来

今夏刚刚开始,
我已日渐消瘦。
就像旗杆立于风中,
阳光凭空而下,
幡旌卷展,其影子
充满细长的凉意。
我是说,我不知道
我消瘦的缘由。
是沉疴在身,还是
新堆轻愁。只是五月
快要过去了,那场雨
还未下来

我知道
远方的湖面在收缩
水草爬出了湖底,
麦子被田埂的绳网
困于溃退的原野。
大地正青黄不接,
就像没有落地的雨水

啊,一定有个地方

在下雨,但它在
我的流域之外。
我知道在五月之前
大坝就拦截了
我的喉咙,航道尽现
困顿的淤泥,不能
吐出快意,飘出帆影与
一日千里的言辞

我已先于该夏消瘦,但
那场雨还未下来。
在空而又空的天空,
一阵雨点般飞来的众鸟
让我以为某个时刻已到来。
这急促的枯笔,
超出了我夜观的天象

光　亮

放下诗书,到阳台上抽烟
发现一场雨,刚才停歇。
夜晚有过一次隐秘的举动。
沥青路面映现
源头复杂的光亮

因为一场雨
行道树在夜里闪光
众叶依旧暗过城市的天色。
曾有一段时日,
我迷恋这黑暗之光。
比如去巴蜀,去湘黔,去闽浙
雨冲刷着山峦,高铁穿过隧道
我认出从石壁中凸出的我。
一个在坚实的遮蔽中干涸已久
却浑身渗水的我。一个在黑暗中
拥挤多年的我。
一程程,目睹着
一个个匆忙的黑影,贴着岩层,
顶起群峰,冲出端口的圆润之光

我曾入丛林,抱榆槐,成为

夜晚垂直的补丁。也曾横陈
腹部坚硬的疤痕,让它成为闪电
成为见识我的最后一道山岭。
谢谢你们在闪烁处,空出我
空出这片黑暗,让我视之为
人世的另一道光亮。
是你胸脯的黑子,而不是太阳
是你幽暗的峰谷,而不是月亮
是日全食,是月全食。
是深潭中凛冽的黑水,
一双黑眸。光芒
是你的长睫毛

马甲线侧畔的一颗痣,让大地
全身发痒,万物生辉

清　晨

喜爱此时楼体的灰白
在阳光到来前干净亮堂。
我手提公文包走下台阶
图书馆的塔钟正好敲响

十几只麻雀,立在枯枝上
像没有落去的树叶。
透过稀疏的丛林,看得见
河对岸慢跑的女子

月亮在西南的上空
薄得不能再薄,像下一秒
就会完全融化的冰块。
没有上冻的河水往南流淌

我和妻子各自驾车上班
放寒假的儿子在睡懒觉。
没见雾霾与街头的受苦人。
我爱这一天轻快的开始

扔掉的早晨

早上出门前
我将几本诗集、香烟和
上午节能减排会议的发言稿
放入公文包中。
"将这些垃圾带出去扔了!"
我发愣的当口,
妻子从厨房里走出
提来一个黑塑料袋。
我正穿第二只鞋时
她捧着一束花走向我——
"这花儿枯萎已久,
也扔了吧。"

首日[1]的暮晚

夕光被人群挤散,我从闹市归来
河边的木椅空置着,红漆斑驳。
我坐一端,空出另一端
并不期待突然的出现者与我
同坐一起。我只想空着。
像我空着的这许多年

斜坡后沿河路传来汽车轰鸣
像这新年第一日的背景。
我明白这尘世的辽阔。
而此时,鸟鸣急切
暮云像解冻的冰面。我沉湎
这隐喻的瞬间

槐树叶子已落干净了
轻细的枝条得以指向高空。
水流悠缓,不在意两岸。
身无牵挂的时光多好啊!
钟声与夜色忽来,
我起身走向家园

---

[1] 元谓"首",且谓"日","首日"意即"元旦"。

天　气

十年前,与人聊天
还不会从天气引起话题。
无非是阴晴,无非是风雨霜雪雾
这些都与兴趣无关,不去谈。
天气不会改变会谈的风向。
唯心主义者无视鲜活的自然

记不清十年的端点是哪一年。
江畔何人初见月,江月何年
初照人。有时节点并不重要。
这不似历史事件,我们牢记
起因、发展、转折和结局。
历史是没有当代史的。
皇帝驾崩也有秘不发丧的。
碑文风化至后世多是模糊的。
这又不似一个朝代的兴衰,
有明显的天象

十年后,我已惯于谈及天气
谈及有霾或无霾的早晨,暴雨中
城乡的洪涝、塌方与淹埋
高温下众叶的虚疲、晕眩与脱落。

谈及一群晕头转向寻找树丛的麻雀
谈及玻璃幕墙中挂在半空的安装工
绳索与酷暑的影子。火烧云的影子。
就在今天上午,还与人谈起
即将登陆的"纳沙",这个
刚被日本正式命名的强台风。
一个多月前开始谈论洞朗的天气
我对低气压下相持的气流表示失望

有时,会谈及惯常的会议——
"这个问题嘛,啊?啊!"
也会谈及我与你的相见——
"今天的天气,哈,真好!"

水陆的边缘

现在想来,我的这些改变
并非没有征兆与由来。
那天站在巢湖唐咀[1]大堤上发呆
水波下沉陷着完整的城池。
湖面平复,不知有汉,无论魏晋
我的心淹没于秦朝

近两年,我日益不愿加入人群,
也不愿见不熟识的人。
我拒绝了许多愿意交往我的人。
只爱盘桓山水,结识植物
独自在水陆的边缘疾走,看浪
看渐行渐远的水流与次第淡去的远山
抬头看云,转动酸痛的脖子,
不因树影与落叶停下,也不为鸟鸣驻足

---

[1] 关于我国五大淡水湖之一巢湖的形成,多部史料有"秦汉时期由居巢或曰巢州下陷而成"的记载,清康熙年间《巢湖志》载:"湖陷于吴赤乌二年(公元239年)七月二十三日戌时。"唐诗人罗隐有诗咏巢湖《姥山》:借问邑人沉水事,已经秦汉几千年。合肥地区也一直有"陷巢州,长庐州"的传说。2001年12月,考古工作者在合肥巢湖焖炀镇唐咀村北侧发现了此处水下千年古城遗址。

阳光暖我身,荒草在返青
春风的枝头依然悬挂着苦楝子
悬挂着不愿接近的世界

脾　气

饥饿的时候
对于平日拒绝、厌倦的食品
依然不想吃不去吃。
我没有魂不附体

有时又像走在田埂上的水牛
忍不住想吃绿油油的秧苗
想扯开大地的一角,
牵着牛鼻子的外婆不让,就算了
也不扭脖子。
也不吃扭脖子就能够着的爬根草

有时也会怒眼圆睁
将尖锐的角插入对手的皮肉,
折断了,也会成为号角

我的体内有股牛脾气

寅　时

昨夜,凌晨前
我被雷声惊醒一回
下床,关窗,复又躺下
似乎听到披着花斑的雨声
一种声音穿透另一种声音

早起后探望
太阳炽热,大地干燥
没有丝毫的雨迹
但我确实似乎听到了
雷鸣般潮湿的虎啸

惶　恐

每到一地
城池和村落的陌生，
总让我惶恐。
这种惶恐轻盈、无声，不可预测
如云的掠影，如雪落大海。
如夕光浸染一派荒原

总是没由来勾勒逃亡和
偶然的交锋，想象
在这陌生之地的包围
突围，和反包围。
对每一条路径条分缕析，寻找
入口、出口和抵制的壕堑。
关于战争，关于安抚
关于推波助澜的集会，关于
帷幕后埋伏的刀斧，
都是我思考的场面。我甚至
仰望云象的暗喻，推算
风向和空中打击的时辰。
我不知道闪电的起始
雷的实力和统治的时序

一堵墙会被强行推倒

一片林子会被连夜砍伐

一群人会被堵截在途中

一条好端端的马路会被再次挖掘

陷阱没顶。一只飞鸟

坠落了,是因疾病还是被

击中,一切都不那么确定。

就像不能确定颓垣的背面是否

伸着缠绕静默的瞄准,或

伫立一棵树,或深居

一位简出的美人。

倥偬之后的时光,我们也会埋锅造饭

在退缩的街巷、野地或相持的空城

摆下饕餮之阵,诸如你我诸如鱼

一条游过万里波涛的鳜鱼

刀俎余生,又入炙热的锅铁

浇经年的油汁,煎熬。火焰之上

辗转反侧却非源于水火的焦虑。

我闻到自身的肉香

没有一种预案算无遗策。

忽至的雨等同忽至的

隐秘、遥远和恐惧,

夜晚的,你的我的。

梦中的大旗把

月光隔成两半。

此时,我会惊醒。

我只是路过,只是掠过此地
我只是赶赴一次久候的宴席,
经留的风光、土地,还有你
与我毫无关联

我想见一个暗黑如海的夜晚

在这久居的城市,
似乎没见着真的黑夜

光源繁杂的光,彻夜照射
反射和折射一座入夜的街市。
我们都是或停或动的光体
我们被不同的灯盏罩住太久。
我看重暗下来的万物。
看重楼宇的本体,甚于
轮廓闪亮通体明亮的外立面
甚于,航障灯跳动的楼顶。
挑高的指示太多了。
不夜城是个草率的比喻

我想一夜的伸手不见五指
不见反复强调的手势
不见十指连心的痛。
后工业化已将痛感打入地基
我们无法重回未燃的炉膛
无法唤醒带有气味的微光
我们发烫的肉身,需要
大面积的黑暗去吸附。

我们日益沉重的身体
亟待一片黑的海水托浮

在这光源繁杂的久居之城
我想见一个夜晚，暗黑如海

夜晚的声响

312国道上拉沙的货车成队驶过[1],远光灯翘着
坚挺,像两根鲁莽的阳具。这黑夜的强奸犯。
这些超载的昆虫,各自用两条白亮的触须,搅动
空气,震动雾霾和杨树的叶子。一条黑鳝
沿京九线游过去,又游回来,身体很长
一节又一节。相似的车窗,闪过灯盏
如一截剪掉的电影胶片,光影晃动,呼啸声
坚硬,长远,从干涸的匡河[2]底和樟树林穿过。
西南方的经济开发区灯火通明。我能辨出
上一个夜晚明灭的部分。辨出一排排路灯扎下的
陈年的针眼,和缝合时的疼痛与叫喊。再往西
是集贤路,丛林暗昧。如每天早晨遛狗时,
被狗牵着跑的社区少妇,一头汹涌暗流的卷发。
此刻,星星相去甚远,天宇正布下阔大的棋局

如果夜再深些,可以看见缓慢的洒水车

---

〔1〕 我暂居之所,位于合肥经济技术开发区附近,京九线、京福线、合武线、宁西线、淮南线等铁路横穿312国道,每天晚上有多列火车和来自六安市拉沙子的货车通过。

〔2〕 匡河,合肥市主城区西部的一条河,两岸风景秀丽。合肥铁路南环线占用部分河段,火车从干涸的河底通过。

在单调、过时的音乐中,通过习友路[1]
像迟归的大醉的酒徒,沿途呕吐。
保洁员开始清理草坪上的狗粪,拖着垃圾箱
走在楼下的花园里……

一般此时,我在二十层的露台上,抽烟
观望这深夜通常的迹象,听人类睡去后
世界依然存在的声响。想远去的父母。想
旧作派的苦难中挺过来和没挺过来的长辈们。
想青春时的火车,穿越晨曦与隧道的约会。
想一条鲶鱼迟钝的触须,折断的触须。想它
隐身的水草与淤泥,和不可自拔的水面。
想正在建设的地铁2号线。也想我腹部的疤痕。
想自习后熟睡中的儿子,想他将徜徉的大学校园
恋爱、生子,是否在他工作的城市买一所房子。
想我遥遥无期的诗集、上午将要召开的拖沓的
会议、下午需现场协调的交通基础设施建设。
想,已是今天的早已约下的酒会——
与官人、商人在隐蔽的会所或食堂的包厢里饮
与文人、友人在背街小巷的土菜馆里饮
……

这些夜晚发出的声响,是现象,也是回响
都曾现于惯常的白天,并蓄于白天的另一面。
这些声响没有散失。能量守恒。或因

---

[1] 习友路与上文的集贤路,皆我暂居之所"太阳海岸"附近的主干道。

时间的发酵、窖藏,产生倍增效应,循着
夜,从楼宇间灌入,从梦的最高处传来。
但我的默想,总是盖过夜晚的声响。
在我暂居三年的太阳海岸,每每如此。
我是一个倚赖夜晚又绝不肯轻易睡去的人

回落,或缩小

雨势锐减。
南淝河的水,在回落
棕榈叶正挣出水皮,岸
正缓慢提升原有的高度。
河水暴涨前我疾走的脚印
像徘徊的一条条鱼
仍旧游失在水面下

我似乎是雨中直立的鱼
但并非无路可走。
我移步一个废弃的足球场
不盘带,也不射门
我在那里绕圈。我绕了
十圈。快速绕了十圈。
从全场,到半场,到禁区
我的想法一圈一圈缩小
在球门前,成为一个点。
成为一条破网而出的鳜鱼

停车场尽头的一棵栾树

停车场的尽头,有一棵栾树
我用整整一年的光景探望她
春发绿叶,夏开黄花,秋结红果。
她的原色,我一一见过

我放弃众多空置的车位,绝不减速
径直驶向她,落在她矩形的孤寂中。
历经的那些空地,是她大面积的留白
也是我四季的盲区

在这个城市,我已错过了数次停泊
也曾围着一座建筑一次又一次盘行
绕树三匝,无枝可依。一圈又一圈
像一枚滑丝的螺钉,自己拧紧自己

人进中年,我依然偏爱局限的美
那些宽阔,我已走过来了。
我视整张宣纸无一物,只偏爱
旁逸的枯枝与一条白眼朝天的鱼

那么多的条条框框,既然不能逃脱

那么我选最僻远的一个。我选
有立过高上的枝头,冬日里飞落
满地栾树叶子的那一个

清晨取车未果

早上出门,到车库
取车,发现车位空空。
我处变不惊,负一层灯盏明亮

于是回忆,南浥水
波光闪耀,似乎倒流
一场场酒事浮现脑海。
一些断断续续的人事,跳出眼前。
我要确定这几日我的具体存在。
我在哪里,所为何事去的那里,
我又是如何回到妻儿的身旁?
这逐一的排除与落实,
终使我记起杯中荡漾的脸
但一些人我到底不记得了

走出地面时,脑中的风暴
已归于平静。朝阳举起了
火红的酒杯。
红唇与红颜与红脸的汉子
已分离,醉与醒已分离。
我与自己分离日久。
但借以停放的我、载我

曲折前行的狮子在昨夜

获得确定。就在某处。

我现在可以确定

如　释

暴雨击打杨树
飞絮被摁在附近的泥土上
暮春洗出了初夏

此刻的杨树林,像一群
从良的妓女,
一盆大水搓祛瘙痒

天意与愿力,多么浩大啊
冲刷,重塑,显现新貌
我仍愿与这尘世重归于初

我的虚无日子

三月的风,翻遍江南
春的犁头插入松软的田畴

雨水刚过,万物涌动
我忽然有春的消亡之感。
从茅草垂悬的水塘边漫衍开来的
春,在密林之上收缩成
一只燕子的春,多似我
痛失的日子啊——
那种遍布,只惜一点,不及其余
像一支箭穿过旌旗蔽日的阵地。
像那年夏,我们不顾死活,寻求
一声垂直的尖叫,从十米台上
一头扎进呛鼻又流泪的蓝波。
轻快而仓促的日子
与我一起,撞进飞落的松脂

翱翔,在空中伸展双翼、眩晕
背负晴天,向下看
不知天高地阔,天长地久
不知天翻地覆时风的尽头。
燕子和蜜蜂,只是我们

打给春天的句点

现在看来,我虚无的日子
几乎都是我珍藏的时光。
一条游过万里波涛的鱼,
忘记了淡水与咸水

责　备

雨停了。
从阳台上看去,春水
在河里比往日流快了些。
沿河路上,躲雨的人
钻出来了,像乌云重新聚合

将前胸穿成后背的女工
骑着电瓶车闪了过去,
她用后背撞开阻力,她的
纽扣朝着她的家门。
收废旧物的老孙头,手膝并用
将半新的冰箱,顶上三轮车;
快递小哥抱着大纸箱,与
落下栏杆的小区门卫理论着;
一对脑瘫的姐弟,手牵手
摇晃在苦楝树下……
这时我发现,萧索一冬的杨树
叶子从高空忽然冒了出来

我厌恶这低劣又蹿高的树种
它无序的绒絮,曾让满城飞雪。
而这一刻,它怯生生初生的叶子

让我突然责备自己。
因为对精致与贵重的偏爱,
万木葱茏,我却无视它的存在。
在这要死要活的四月,
新叶惊心,黄叶飘零
遍地的落叶如刮去的鱼鳞,
这些碎片已经忘记疼痛

叶子从河边杨树上冒了出来。
枯枝条挑着一片片鱼鳞。
我没有看见煎熬的鱼,
疼痛已开始生长

新　雪
——题黄震[1]雕塑《天问》

这场夕落朝逝的雪
仅仅映照一宿的黑暗
像一颗镇痛的药片
给一个牙痛者短暂的安慰。
这疼痛的白色,让我想起
一根沉埋水底的白骨

那是端午,汨罗的江面
托浮雾气,五月的阴谋
似芦花弥散纵横的水泽。
峨冠博带的楚国
与高积云同时被摁进江水

一根支撑战国的骨头
被摁进了水中。一枚
残雪一样白的药片投入水中。
激浊扬清啊,砥柱中流啊
一双手伸出水面,拆骨为剑
寒光使江水冷彻至今……

---

[1]　黄震,当代皖籍雕塑家,青岛五四广场标志性雕塑《五月的风》作者。

面对一场匆匆的飞雪
一个牙痛的人,喟叹
来不及抓一把攥在手心。
但积雪千年
一座衣冠冢堆在心头
只是不见先生问天的魂魄

那逝去的,如白雪般的泡沫
填充天空的白云
我忘记了。唯有
脱离肉身的白骨和疼痛的牙
成为另一层新的积雪

一座在建高楼的十三个喻体

向晚时,我隔着护城河望去
一座在建的高楼,脚手架拆除
大半,城市病人
正解去缠绕的绷带

楼顶包裹乌发,像浴室里
戴着浴帽的少妇,她的隐秘
只属于一个人或一些人。
几个吊在空中的农民工
左右晃荡,像撞向玻璃体的麻雀。
塔吊的长喙,伸往空置的巢穴。
像一根楔入中心城区的钉子
却听不见泥土挤压的叫声。
像一位盘髻的姑娘,露出
肚脐与平滑的腹部。
像一根欲望挺拔的柱体
像杯酒释兵权的将军

像昨天的会议,顶层问题
依然悬而未决。
像大不列颠脱欧的积雨云
像最后一击也未破局的资本

像一枚裹着黑暗的权杖
像一柄无法出击的枪刺

像我胸中建造已久
却没有塔尖的塔

湖边的暴走者

我惯于一些静止的事物,
比如沸腾过的石头,闪电般
栖于枝头的鹰隼。
我迷恋这种静止,就像
我惯于湖边的疾走。
三月、七月和十月的湖,
都有徘徊的云影。
这没有什么不同。只是那
停滞已久的水,像激情过后
摊落的裙裾,被弯曲的小路
分在颤栗的脚踝旁

暴走者
不惮于大河两岸疾行
顺水而下　逆流而上
将破碎的叹息和欢呼
摔在身后。只是
那劈开空气和石头的水、逃逸的水
围困已久,潜埋
流云和沉没的枝条,
在突然的风中,一圈又一圈
让我震颤

其实 我的行进路线
非常固定和精准,
在推开善恶波浪的边缘
从树的救赎,从桥的慈悲
走向被踩灭的嘶鸣。
我知道,
我关节中垂直的钙
流失严重,不愿在
任何一座山峰打磨
残留的坚硬。
我只惯于静止的湖边,
寂寞暴走

打击的碎片

四月,已所剩无几。
大河横于身前,
通道纠结的立交桥,肋骨
正用钢板加固。一条巨蟒
伏眠路边的丛草。
赶在雨季前
一群趁着夜色行事的人
在街灯的晕轮里挖掘
壕堑与陷阱。
扬尘的蝙蝠落满
刚分蘖不久的树枝
像哑口无言的飞絮

无法避开弥漫于空气中的
碎片。无法避开
花园里的一场冻雨。
吃过砒霜的少妇,脸色潮红
屠夫在人群中憨笑
罂粟埋于沸腾的汤锅
染色的馒头发酵成坟墓。
夜晚潜伏所有的可能性
各种风都在预设之中,

河道多处现出惶恐的滩头

二十世纪初被割去的兽首
在精美的玻璃盒中瞪着双眼
黎明前摔碎的那件瓷制
来自北方的官窑。
晨光退色,
肚脐深长的舞女
用膝关节背面的锐角
钩住鼓点飞扬的光芒

细碎的雪一早就下着

细碎的雪一早就下着
现在依然纷纷扬扬。
这人世间对天降的事物,充满
惊恐,或惊奇,无法克制

长江中下游平原总会为
每一场雪举行欢呼。
多像我年轻时的习性啊。
那时,为突然的一场暴雨
我欢呼过,为明媚的阳光、彩虹
或漫天的高积云欢呼过。
大规模的气候运动让我
改天换地的雄心得以实现。
我甚至为一阵风吹过我又
吹拂遥远的她,激动、宽慰

而现在,我已颠覆,
深信自下而上的力量。
对一切破土而出的事物保持
偏爱。敬重大地托浮的山水
林木与五谷,裂涧与坟墓。
敬重深陷后又超拔的

锈剑与城池

血涌上来,泪滴下去
细雪蒙住完整的大地

积雪正在融化

雪后第七日,阳光乍现
积雪分崩离析,原野露出黑鳞
冬季似正蜕皮的巨蟒
抽身而去

我目睹了这一切惊悚的发生

刚才,众树的枝杈有过一次雪崩
红顶冬青顶层有过一次集体塌陷
成片的雪有过坠落的晕眩
大地正揭去面膜
春天的皮肤新鲜而富弹力
一道道冰辙成为河流

春风令

一开始的春是稀疏的

阳光与阳光离得
很开,柞树的枝条
离得很开,每一次雨线
都有精准的隔离。
从冬日走过的小路
绑缚丛林,像一捆
未燃的枯柴。
罗列现象的枯柴,脆弱如
拥挤的肉身,每一捆都有
小心翼翼的空隙。
在返青之前,云影贴伏
湖面,像惊蛰的刺青
像预言般的谣言。这些
乏力的景象与冬
并无二致

时令与收成有关
与丰沛的雨水有关,但无碍
春天的大局。花儿
无非开得早一些或晚一些。

路边的钩吻和夹竹桃依旧
常绿,风中依旧有着
隐秘的毒素。
我们照样可以携一朵纸花
出席葬礼,照样
为生而狂欢,用白酒或做爱
熄灭孤独。
我们目睹的大地,万物关联
采用绿色掩盖沉疴与
真相,以区别于所经历的
积雪、荼毒与荼蘼

春风让夜晚起伏
让岸弯曲,消解
赴死的春波。最初的种子
在松动的土壤里腐烂,谁
念动着春的咒语

五月袭来

在二月
会发生许多事情。
阳光开始抚哭积雪,鸟
会飞往对岸,在许多场合
充斥对仗的言辞。河床像
翻晒的经书,裸露
语焉不详的鱼骨。
绕湖疾走的人,抱着
自赎的石头,他有着
波浪般横渡的信条

在三月
有人会赤脚赶赴
黎明的水面,起收
布满倒刺的诱惑。
午后,阳光升腾
腐朽的声音,此后
雨会下一整晚。
街角的老槐树
在暮光袭来之时
老到从容,萌生苞芽,
在南风的枝头悬挂

返重的灯笼

直到四月,
山色开始空蒙
天光开始白亮
我们剖析轻岚的虚无,
所有的夜宴都不会缺少
星光灿烂的少女。
有许多人
走在风的前面
抢占枯萎一冬的城堡。
也有人
在黑夜的深处,抱着梧桐
无声吼叫

啊,明天
你与五月齐袭了我

以 外

人进中年,喜穿软底鞋走路,将席梦思
翻过来,睡硬板床,一夜无梦。
闲来常想石头、湖水和井
至坚、至柔和深埋的缺陷。
不是山峰和海洋。那些高大的事物
已耗费我的半生。
不去想宇宙是闭合,还是无限伸展
这个问题曾让我发狂。
专注菜叶上的虫眼,甚于
星空中的虫洞。现实以外的东西
比现实更让我失望

这并不表明我没有想法。
我将一些词翻出来,搬到另外的地方,
给青春的骨头找一座坟墓,让墓志铭
警示我的午后。或者
划定直线或曲线,在易于识别自身的空域
飞翔,没有以外,也没有意外。
将一扇门打开,又关上
往复、启合间,每有妙意。
就像这些年来,怀抱石头爬山,
一个趔趄,石头跌下山去,然后

重新抱起、攀爬。而那些滚落的声响
我忘记了

甚至忘记了山上的塔,沉于
湖底。像井。像我抑制的性欲。
在峻峭处建庙,在灰烬里插上香骨
远离轻飘的言语、呻吟和祷告
像井壁,固守着浪,又消解着浪,
青苔模样,示人以春天。
心设慈悲道场,宽恕宿敌
无动于衷的水域,也宽恕
庸常的诗句。不指认爱与虚妄,
将一座桥横陈水面之下,抵制两岸
以保持湖的完整与骄傲

有那么一两次,想否定愿力
否定湖面的犹豫、庙宇的徘徊
将自己像钉子一样钉入大地,国土疼痛
病树上开出花来

我梦见大河如同峡谷

午夜两点五十分,
我完成了一次造梦

我立于荒原之中,
面对一条刚掘成的大河。
河水尚未注入,
大河恰似峡谷。
土方机械早已游走
河底散落履带的鳞片。
几乎壁立的两岸,
土色鲜润又坚实

——西湖的底部突然下陷四米
——那么断桥更高了
——水面将远离山上的塔
——那大地不会渗漏吧
面对还未使用的大河,
为何会谈论东部的西湖?
为了这首诗的完整,
我只能抄录梦中的问答。
我们隔河对话,那人就在彼岸

在梦中,我不分彼此
常将现实的细节移至梦境
用力将梦里的一切推向现实。
我分不清虚与实。
虚实间若有看不见的水流。
在好几次梦中,
我亲历旧去的王廷与
隐秘的神力,焚烧后的稻茬
顶破大片的灰烬,生成秧苗。
但我的青春,一次也没有梦见

午夜两点五十分的岸边,
我梦见大河如同峡谷

第二辑

孤篇

孤　篇

秋后的夜雨多了起来。
我在书房里翻检书籍
雨声让我心思缜密。
柜中,桌上,床头,凌乱的记忆
——归位,思想如
撕裂窗帘的闪电

蓬松的《古文观止》里掉下一封信
那是父亲一辈子给我的唯一信件。
这封信我几乎遗忘,但我确定没有遗失。
就像清明时跪在他墓碑前,想起偷偷带着弟弟
到河里游泳被他罚跪在青石上。信中的每行字
都突破条格的局限,像他的坚硬,像抽打
我们的鞭痕。这种深刻如青石的条纹,如血脉。
我在被儿子激怒时,常低声喝令他跪在地板上。
那一刻我想起父亲

想起雨的鞭声。想起自己断断续续的错误,想起
时时刻刻的幸福。想起暗去的一页信纸,
若雨夜的路灯般昏黄,带有他体温的皮肤。
"吾儿,见字如面:……父字"
哦父亲,我要你的片言只语

描 碑

她活着时,
我们就给她立了碑。
刻她的名字在父亲的右边,
一个黑色,一个红色。
每次给父亲上坟,她都要
盯着墓碑说,还是黑色好,红色
扎眼。父亲离开后,她的火焰
就已熄灭了。满头的灰烬。
红与黑,是天堂
幕帷的两面,是她与父亲的
界限。生死轮回,正好与我们所见相反。
她要越过。
这色变的过程,耗尽了她
一生的坚韧

清明那一天,
我用柔软的黑色覆盖她。
青石回潮,暗现条纹,仿佛
母亲曲折的来路与指引。
她的姓名,笔画平正,撇捺柔和
没有生硬的横折,像她
七十七年的态度。

每一笔都是源头,都是注视,都是
一把刀子。
将三个简单的汉字,由红
描黑,用尽了
我吃奶的力气

我怨过她的软弱。一辈子
将自己压低于别人,低于麦子,低于
水稻,低于一畦一畦的农业。而她
本不该这样。她有骄傲的山水
有出息了的儿女。
前些年,还在怨她,
将最后一升腊月的麦面,给了
拮据的邻居,让年幼的我们,观望
白雪,面粉般饥饿的白雪

她曾一次次阻挠下馆子聚餐。
围着锅台,烧一桌
我们小时候就爱吃的饭菜,在水池旁
洗刷狼藉的杯盘,笑看
我们打牌、看电视。而当
我们生气,坚持去饭馆
她屈从地坐在桌旁,小口吃着
埋怨着味道和价格,吃完
我们强加给她的饭菜与意愿

母亲姓刘。

我一直将左边的文弱,当成
她的全部,而忽视她的右边——
坚韧与刚强。
她曾在呼啸的广场,冲出
人海,陪同示众的父亲。她曾在
滔滔的长江边,力排众议,倾家荡产,
救治我濒死的青春……

我不能饶恕自己
对母亲误解、高声大气说过的每句话。
而现在,唯有一哭
她已不能听见。
膝下,荒草返青,如我的后悔。
她的墓碑,
这刻有她名字的垂直的青石,
是救赎之帆,灵魂的
孤峰,高过
我的头顶

春风正擦拭着墓碑的上空,
我看到白云托起湖水
她与父亲的笑脸与昭示。
这慈祥的天象
宽慰了我

灯　火

酒醉醒来,摸黑走向
一只杯子。我喉咙中
竖着一口枯井。
梦乡的河床,在昏暗中
干涸了一宿

进入中年后,一些习性
固定下来了。内宽,外远
相信缓慢的力量。
责备体制机制,也责备
自己的颓废。我指尖的皮
蜕过一层又一层,
一圈又一圈的涡纹依然清晰

端起水杯,黎明已经生成
但我依稀看见地板上的光。
折射的,反射的一片光亮。
那一瞬,我睡意顿无,坚信
是从厨房里挤出的狭长的灯火。
想见母亲正在为我们烧煮早餐
而她,已离世多年

阳台上的空花盆

清晨,被邻居鸟笼里的清脆唤醒
迷迷糊糊的曦光还未散开

躺在床上,想这四年来的懒散
没有养过一只飞禽一叶花草

偶尔捉住撞击玻璃的麻雀
抚摸一下翅膀后,也随即放飞

阳台上都是没有舍弃的空花盆
那些花花草草,早已枯死

盆中,唯母亲生前培过的土
还在。我时常探望,忧伤时浇水

青　石
——给父亲

我常常想念你
中年的臂膀,那个
幽暗的午后
裸露的山岩般的臂膀
像充满力度的绳缆,让
我的生命,有了
新的攀升。
那年的仲夏
雨水丰沛,棉花
开花伏桃,成串的葡萄
腐烂于积水的泥土
八月的长江,流淌褐色的岩石

多少年过去了
多少地方的岩石都能
让我惊心,让我感受到
埋藏和陨落的重量。这缘于你
早已消瘦、消亡的臂膀。
但从那时起,
我眼里的石头
总是黑色的、潮湿的。
许多年了,

在海水淹没

礁石与大陆架,

在每个河流分岔的春天

我都会从昏迷的水底,抱着

青石上岸

伸往水中的青石

我在河边疾走时发现
礼拜天的河流平滑,像
大面积的绿色果冻
被春风咬去一口

碧浪若堆积的青苔,让我想起
故乡池塘,想起坦荡的青石
一块块递进,伸往水中

废弃的石磙或砸入淤泥的榆木
支撑着让我脚心发痒的青石
外祖母在最远的一块上,淘米洗衣

我曾将它作为跳台,一个猛子
扎进那棵杏树的荫影里,捞起
水底熟透的杏子

青石一块一块伸进水里
外祖母、父亲、母亲,一个一个
离我远去,青石一块一块伸远
梦中的杏子,酸出我
一滴一滴泪来

雨　声

我被有时的雨声惊醒

也曾被噩梦惊醒过,挣扎着
脱离危局与困境。汗如雨点。
年轻时我被梦中的激动惊醒过。
人到中年后,我也被几次鼾声
惊醒过,我会睁开眼
将最后一次呼声扬得很高。像鱼儿
随着气泡浮出水面,以此
证明世界的存在与形态

在没被惊醒的雨中,我看见
一辆人满为患的公交车,在路上
缓慢行驶。无处避雨的人
一路奔跑,依然跑不出雨中。
外婆和母亲穿着雨衣
在疏通菜园的水沟,父亲
将一个西瓜放在草帽里笑着跑进家门。
我和弟弟妹妹站在门旁,看雨
将椿树的叶子击落在泥水里。
雨声中,我看到了湿透的自己

看到坟头上的一滴雨四分五裂
看到教堂的塔尖雨光四溢
也看到了湖面完整的涟漪。
雨在唤醒万物,也让万物
现出原形。
我高高低低的鼾声,多像
一串串气泡破碎之声啊

坚信雨中的一切
确实发生过,或赶在雨中
发生了。雨声于梦里垂挂
忽现的情境

葬礼归来

四月一日
九点钟还隐匿在雾霾中

城市早上的轮廓还在
有的人已清晰死去

这个春天,所见无多
满眼无数叶子拼凑的绿

以及无数的雨滴
无数暗自欢喜的生活者

仪式感

向晚,躺在草坪上看云
满天的鳞片。一条大鱼没有头尾。
我认出这是卷积云,没有云影
落在平均主义的草皮上。
不似乌云下有电闪雷鸣。
白白的,缺少下雨的仪式感

仪式感这东西很重要。
会让你明了程序,烘托场面。
许了心愿后,会吹灭蜡烛
签订协议后,会握手拍臂
吻过左眼后会让你吻她的右眼
但皲裂的卷积云没有。
我们之间的预知缺位太久。
你不知道秋天的会议要讨论什么

我们再不会为了一次会盟
在各自的双唇涂抹牲口的血。
不会在荒野,插草为香,
为一句不被风吹灭的誓言。
我们努力拼凑摔碎的陶罐,
欲再次置之高阁,但总是

找不着上下的那两块。
找不到缺失的鱼头和鱼尾。
那丢失的两端,也是
我们正走失的两端。
一天白云,支离破碎

遍体鳞伤的天空下,
我最想亲历的仪式是
捧着自己的骨灰,走过
割草机刚割过的草坪

欣闻国际天文学家研究小组在水瓶星座中发现围绕 TRAPPIST-1 运转的七颗类地行星

其中三颗位于宜居带,这已确定
在我四十光年外,有顾盼的水光。
宇宙太大了,如若孤悬一个我,
多么岑寂又无趣啊

过去,水瓶座的我屈从
镜中的我,水中倒映的我,还有
你们眼中折射又反射的我
此后好了

我活于三颗不同行星上
前世又来生,独立又完整——
一个上辈子指定的我
一个下辈子修来的我
一个从不违背自我的我

我们同期生存,穿梭往来

冈仁波齐

电影散场后
一场雨刚停,
我从匝道旋上高架桥。
暮晚在雨后出现晴空
波普般的高楼,在逆光中
参差,绵延,如暗去的青山。
画满标识的沥青湿黑干净
车轮的摩擦声,如风诵经幡

在这条快速前行的路上
我常出神抬望尽头的雪山
一程赶一程,没有边际。
无非是直行后,或左转
或右转,或掉头绕行
无穷无尽。
一路多是披坚执锐夺路者
蜂拥又漫长的车灯
像积聚的红色泡沫,又像
抽去真身留给田埂的蛇皮。
没有磕长头的朝拜者
没有放下屠刀的屠夫,匍伏
让过横穿大道的一群蚂蚁。

瞬间的生死也见过
一只被轧扁的野猫,黑痂般
贴在白色的虚线上。
我会打一把方向,让过
这小片迷失终身的影子

这些年游山玩水,也算是
转山转水。高山仰止
临渊息心,都有过。
也打落过所有的叶子,让
自己成为枯枝,成为
绝望的固守者。
但川流不息,逢春返青
寸心飞扬万丈红尘。
在这条架空的单行道上
我停停走走,东张西望
那终年高耸的凛冽冰峰
在哪里呢

水底之剑

钉死棺木的钉子
不能回拧的阀门,都有过
铮亮的尖锐和斡旋的时光。
锈蚀的一元论让人
无法起死回生,使渗漏之水
回归本源。就像无法打开
机关尽废的锈蚀之锁,重见
铁的欢跳

我一直在寻找另一把
锈蚀的物件,
曾劈开空气的手
在水底挥舞的剑

我从不相信
鱼唇吐出的气泡和颂言,
麦地里的诱捕者
吹向飞鸟的口哨。
我以一名饮者的荣誉
发誓,没有锈迹的瓶口
倒不出醇醉的琼浆。
沉渊之下,必有敛收的锋光

呵呵,水底之剑,
正卧于无边的腐烂之声
遍生沉默的鳞甲。
为了偶至的浮现,默诵
干涸的咒语,甚至
甘与鳗鱼一起
被唯一的渔网捞捕。
即便浮出水面,尽散
一生的光芒。
每思这沦落的钢铁,都让我
流出褐色的泪水

流　淌

常于河边观望
初冬正发生变化。
稀疏。明晰。无须
太久的转换,冬天
一开始就充满自信

在浩大的晨曦里
早醒的空气
让我羞赧。我曾想
拂去扇面上的积雪
浪费的分分秒秒,
慰藉昨夜和你。
这是多么荒谬的设想啊
让一个春天
没有支流,让一座
蓬勃的花园没有
分岔的路径

我描绘河的流淌
随性的阳光,
"如雪花的繁星
飞翔在我们的头顶。"

但你的呼吸
使寒冷有了形状。就像
河水拍击堤岸，
咬噬制约与维护
试图违背秋天的赠予

我发现,初冬
正从河的两端上升，
将我的喉咙挽起
如某人扬起的嘴角
停顿不可知的汉字。
这摄人心魄的翅膀，
曾让十一月
有着宽余的晴空，
让我误以为
春天有两个

梦　想

有段时日
我沉迷过睡梦。
每个夜晚,都设法将自身
弄到疲惫的顶尖,以期
梦的完整与绵长。
倦怠的水流,会让河床
忘记白昼的折射和磨洗

一辈子没有走出故乡的人
许多深夜都在怀乡,都在想
埋在乡土的上辈人。
大地多么永恒可靠。
我依旧那么年少,
你们依旧微笑着,没有责备
我前前后后的过错。
窗口,槐树的枝条晃醒我
所有的细节与来路。
你们目光如炬,照耀我。
周遭的浮冰越来越小,
我的孤岛越来越大。
篝火已成灰烬,我依旧
倚在你们的身旁。

有时也会涌现
与你们无关的一段爱,
如墓碑旁的荒草,
让我辨认,纪念和复活

月亮沉下去
我才能浮上来。
你们出现时,我才能无视
现在的自己

中秋夜与儿对弈

返校前,他又央我对弈
十一年了,已成习惯。
前十年,他输多赢少
后十年刚开始,我们输赢各半
我明白小子的心思。
他试图用战胜老子的方式
标注长成的速度与高度

人进中年,我已惯看输赢
落子观三步,转山转水
抱守日益陡峭的帆桅
渡己,又渡人。
许多事就这么成了
许多事不为外人道

楼外,秋雨正迫近窗台
他架炮跃马,我支仕飞相
一心将一枚卒子送过界河。
日渐缜密的青春步骤,让我
连连退却。
而我在困境中竟觉幸福

父亲你离开我们十一年
你的棋子与棋盘都还在。
车马炮,相仕卒都还在。
他挺进的每一步,我都
感知你传输的规则与力度。
我们在一次次对立中统一,
共同完成一次次对你的纪念

空　港

确实有过一次
匆匆地降落和
起飞,像夏鸟一样
眩晕、翱翔

在那次短暂的航行中
江涛推涌海潮
一杆高悬的旗幡,被风
有力地扯向云空

这个短暂的航程
确实存在,只是
你走后
晨曦、午后的阳光以及
月色惊醒的丛林,像
丢失书签的诗集
从此,成为空港

湖　畔

湖面上
有着我不能领悟的一面

湖水在动荡
破碎的镜子隐去
焦虑的语言

此时,路经此地
我甚至忘记了湖心
横卧着整个秋天的灵魂

有过燃烧
有过昨夜的熄灭
只是　没有触及你的火焰
我已成为灰烬

槐 花

那天雨后
我们与河水反向而行。
风景中的道路
深入丛林,绿树
黑过暮色,
暗谧的油画还未收笔

两只市政打捞船在荡漾
闲置桥头,河水
舔舐桥的基础。
一地迟落的槐花
润白、暗香缓慢,
像你抬头数星星时
锁骨旁的皮肤,内敛而芬芳。
贴水的石头寻找源头,
风 晃动眼睛和花瓣

我们谈论瑞典的获奖诗人
和他的一百六十三首诗,
用手拦接坠落的槐花,
谈论二十四节气和
生活的节奏。在现象的花香中

我们滞留太久,像一根
磁性尽失的罗盘,失去指引,
不能辨别花落何时及河的流向
对岸,五彩灯火钻入河心,
落水的斑斓猛虎,从黑暗
游向黑暗

浪使大地沦为
离岸,你让我成为
反叛的孤岛。
我可以在河边徘徊,而河水
有它一直的流向,不停滞、不回头
就像覆地的槐花
开过,又落

中原雨夜

梵钟惊散夜雨
一朵敏感的花遗落中原
常想设置三个场景见你
在梦中我却手足无措

不是突然的出现
像长江三角洲的一场雨
一场雨后残缺的虹
没有预兆,没有先验论

也不是盆地里升腾的晨雾
没见你来,只见你倏然离去
不是朝云暮雨
不是晚霞行千里啊

那棵有白有红的夹竹桃下
站立的久候者,是你吗

沉　寂

我常被一些隐蔽的事物打动。
诸如人类的左脚
溅起另一个星球的尘埃,
一个世纪后的右手
拂去沉舟甲板上的淤泥。
还有偶然打捞起的断剑
那裹缠腐烂的锈蚀。
这些失声之久之轻,
都能在一刹那
让我无语又激越

青石埋于水底之城
阳光在折射的途中消亡
许多涌动的波浪
死于裂岸之前。
沉寂的时长,与意义无关

我想寻一条新途,像瀑布
无惧断落,做冒险的水。
我想默念千遍秋天的咒语
催生一次万里的霜降。
这短暂的思想,有我

长久的愿力

在过往瞬间的某一点,我会
茫茫浩宇,又会尖锐如矛,
回归到具体,东奔西突。
比如在黎明时,观望
动词的天空,等待侧身的晨风
想你坚实而平滑的腹部
一次次地令我心动

只是,湖水快要漫过草尖
风中的星光,吹向远方。
你的躲闪与沉寂的芬芳
让我在空气的底部
几近窒息

汁　液

潮水涌上来,草坪在缩小。
带球奔跑的人冲入禁区
喊声阵阵,城池欲破

我以整个中年迎上去
紧逼,抢断,解围在瞬间。
我的反击依然强大

思想依然闪电,快过肉身
躯体却慢于一条弧线。
我贪恋的精神不及速朽的物质

停顿多年后,我依然能够
越起,腾空。着地的时刻
我闻到双亲坟前的青草味

草叶被撞出了汁液
我的肘膝渗出鲜血。
翻身仰望天空,云朵移出蓝天

震 颤

午后
阳光拍打河面,
风将日光推远。
白皮松在崩溃
俯视的棕榈在震颤。
车库大门前的栏杆
突然抬起告别的手臂
没有明确的指向,在最高处
震颤。一辆雪佛兰开了出去
犹豫的白色,熠熠生辉。
十字架在震颤

远处
今年最初的阳光
直率、随性,每一根光芒
都在刺激在震颤。
高积云在荡漾,鱼的鳞片
在空中铺排。河像
王的眼睛,闪现欲念
失神,有幽缓的秘密。
尖锐的楼顶,寺的塔尖
河边的水杉,有了新的角度。

大地备好静默的箭矢

我想到了昨夜,去年
最后一夜。九华山小天台
拥挤的善男信女
手拈三炷线香,祷告
点燃、膜拜,那一刹
我们忘了中天浮月和
开光的钟响。
两根互燃的红烛插在蜡台
尖锐的钉子上,
彼此的眼睛被
香火熏出泪水。
呵呵,我们一起攀爬过
你数下的112级救赎的台阶。
我们有过虔诚的往返。
只是,我分不清此岸彼岸
去年今年——
去年刚在山上
今年已在下山的路上

七夕,我们什么都不说好吗

今夜,我们什么都不说好吗
不去谈一棵桂树长年累月
即伤即愈的斧痕,也不谈
开遍七月的葱兰

不去谈星空造就的辽阔
不去谈楔入季节的河与桥
也不谈飞鸟的仁慈
我们什么也不说

立于岸边,看水中的星星
看星星里的水流
不谈遗忘和汲取,也不言及
源头与初心

生活的日常,让我们败于
各自的泅渡,让我们生怨
生翅膀的重量
要求偿付的已经丢失

岸在退后,大陆在收缩

立场使我们彼此成为孤岛
什么都不说了,好吗
我们就这样守着,望着

第三辑

三 叠

在贝子庙

青色的云在收拢
空中的草原依然浩大。
我们坐在贝子庙的台阶上
抽着烟,看阳光穿透云层。
夏风干爽,风向不定——
我的烟飘向你,你的发梢拂及我。
远处的喇嘛,在云影里
露出臂膀,摇着一串钥匙
走来

乌拉盖[1]的夜

晚风将草甸推远
乌拉盖愈发辽阔

沙榆托着清晰的星光
悬起的草原比星空浩瀚

手捧蓝色哈达的蒙古族人
用长调劝我满饮烈酒
让我忘记了南方的蓝

马头琴在呜咽
我揪紧马鬃和姑娘的长发
她们都是今夜的琴弦

篝火中的三只狼
在高蹈在号叫
篝火外的一千只狼
在红柳丛中隐匿、观望
黑暗是他们的草原

---

[1] 乌拉盖,位于内蒙古锡林郭勒盟,世界上保存最完好的天然草原。

梦中的套马杆啊

套住低下来的明月，也套住

逃逸的骏马

拜炎帝陵

古乐响起时
我弯下了腰,
一拜,再拜,三拜。
夏雨骤停,阳光
按住我的后背

崩葬于鹿原陂的大帝
此时是站立的,
目光悲欣,抚摩我
潮湿的脊背。太阳
撑开积雨的云层。
我的腰身,在他的视线之下
我的疼痛,在他的视线之下
我像沉实的稻穗,凝视泥土

一路走来,也遍尝百草
有许多的茎叶,让我麻木
甚至一片花瓣,几让我断肠。
我曾月夜入林,伐桐制琴
砍柘造箭。驯兽,也驯己。
用火焰,喝阻蚊虫与群狼
用晨露,喂养心中的虎豹,

逆着溪流,寻找幸福的源头。
与落叶一同腐烂的浆果,卡在
石缝中的白骨,我都忘记。
但一株燃烧的艾草,依然
让我泪流满面

洣水,正流入湘江,
雨,落在我的头顶,而阳光
炙热我的脊梁

过梅岭驿道[1]

梅岭驿道,没有重复的青石。
一块挨着一块铺着,如
久远的琴键,每一步落下
仍有迥异的回响

音符还是前朝的,还是旧模样
悬在饶州通往徽州的路上
像古径上空的云,无法分辨
哪一朵,是孤悬的我

那些深陷崖石的断句,曾经
完整的叙述,我能认出。就挤在
几片残碑间,却生卒不详。
拴马石渗出缰绳的气味,夹杂在
众石回潮的队列中,附近
散落些许的盐巴与丝茶。
倒下的牌坊,缝隙透发
返青的荒草。道旁倒伏的油菜下
蛙鸣依旧寂寞

---

[1] 梅岭驿道,建于晚唐,距今1100多年,是古饶州通往古徽州的重要商道。

穿行其上,忽见许多石块站立起来
穿着朝代各异的服饰,各自行走。
我从形色上辨出他们身份与状态——
远行或归来的商旅、逃亡的刀客
赶考的士子和望夫的少妇……他们
与我擦肩而过,与我同向或
反向而行,身子如道旁的茅草一样
摇晃。我甚至得见从未谋面的祖父
也现身其间,向我走来。
自己的影子,也立了起来,走着
走在我的前面

这忽然的情境,让我惊骇不已。
我慌乱的影子,瞬间恢复原形
压向那些行走的石块,骨牌一样
倒下,重现原有的条纹与秩序
重现阳光的静穆

重现峰峦的青翠和人世的辽阔
压住春天的石径,正分山涉水而去

在亳州[1]

从地下运兵道躬身出地面时
我的一些思想重见云天

此刻,一场雨正弥漫着涡河,
蝶在水里游,鱼在水面舞。
一路走过,岸柳经年又绿,
往复枯荣,而我们只有一世
生死。许多人在暮雨中消逝了。
花戏楼炫技雕刻的故事
也消逝了,只记起华祖庵内
一株酷似牡丹的芍药

只满城的泡桐花亮过天色,
让我惊喜。在怒放的枝头
我认出端坐的老子与庄子。
认出了华佗麻醉的那一朵
令曹操头痛欲裂的那一朵。
他们同在一棵泡桐树上。
后来,在古井园的国槐旁

---

[1] 亳州,古称焦邑、谯城、谯县、亳县,位于黄河与淮河之间,安徽省辖市。涡河穿城而过,老子、庄子、曹操、华佗的故乡,古井贡酒原产地。古存有曹操地下运兵道、华祖庵、花戏楼等。

我晕晕乎乎,探看

一千四百年前的一孔深井,

见到水底面目全非的脸

一辈子有多少不能平复的事啊

一辈子有多少被误读的花瓣?

不如深巷酿酒啊,

桃花开时制曲,花凋曲成

放它三年,待群花缤纷

一朵桃花一杯酒,鼓瑟吹笙

吟唱月明星稀,浪如衮雪[1]

何来忧思难忘?

一辈子有多少不能平复的事啊

淮北平原缝合了汤汤黄淮

---

[1] 衮雪,原意滚雪,取自《汉魏十三品》书法佳作,系目前仅存的曹操手书真迹。汉建安24年(219年),曹操乘舟游览汉中褒谷,见急湍飞溅,状如团雪,兴致疾书"衮雪"二字。随从静默良久提醒道:"衮字缺水三点"。曹操大笑曰:"一河之河,岂缺水乎"。遂刻字河畔巨石之上,传为美谈。

149

那座山,那汪潭

在心中建一座塔
不如在胸中
藏一座山,蓄一汪潭

这些年,眼见一座座塔
折断了,没有旗杆的大旗
像一片乌云,风吹出涟漪

此后,
我将一座山当作一座塔
用一汪潭投射塔的影子
山上林木幽盛,潭水清泠
月色里打磨塔尖与锋刃
在峻峭处刻下
极简的汉字

胸中掩埋鸟鸣与灰烬
那是一场山林大火的废墟
是潭底一年又一年重叠的枯叶
我的颓废,我一遍一遍的
自我责备

我有清泉,有大海完整的源头
洗净提着我的白骨,洗净
一块块石头的锈蚀。
手提一把月光之斧,终年砍伐
我植下的桂木

我在梦中造访父亲与李白
我亲手垒起的坟茔。
他俩都在那座山上
他俩的魂魄都卧在潭心

敬亭山印象

此刻,众鸟高飞尽
我是流连的那一只
在双塔间盘旋,成为
另一座倾斜的塔

此刻,孤云独去闲
我是徘徊的那一朵
在一峰旁聚拢,成为
另一座雪峰

孤鸟的影子
闲云的影子
拥翠亭的影子
谢朓与李白的影子
韩愈与苏轼的影子
都是我
投在湖心的影子

我们,相看两不厌

登敬亭山念及李白与李持盈[1]

春到四月,黄山的支脉放低
绿色,风从双塔间吹过
送达杜仲与枫香的气味。
在这温和的午后,小路幽荡
每一步都指往大唐

云影像一帖镇痛的膏药,轻覆
门牖半闭的翠云庵。
你在桥头,伫望了七回
却没向前踉跄一步。
一段爱多少里程?
从长安到宣城!
何须托言,与此山相看不厌
无非是爱一个人,分离不见!

一州堆双冢啊
一个焚香,一个捉月

---

〔1〕 李持盈,即玉真公主,唐玄宗之胞妹,年轻时与李白有一段非同一般的交往,晚年住黄山支脉敬亭山翠云庵修炼。李白始终难忘长安时玉真公主的知遇之情,曾七上敬亭山,写下"众鸟高飞尽,孤云独去闲。相看两不厌,只有敬亭山"的诗句。公元762年,玉真公主在宣州敬亭山香消玉殒。一年后,李白在距敬亭山不远的宣州当涂采石矶醉酒捉月而终。众人皆知李白迷恋宣州敬亭山水,写下千古绝唱,殊不知《独坐敬亭山》这首诗暗含了李白对玉真公主及其修炼处的敬仰与爱恋之情。

贺兰山阙[1]

那年夏

阳光撞击巉岩,

我一头扎进贺兰口。

像一堵墙,代替

另一堵隐没的墙

虚弱如乱石中的关柳。

我的颓废,依然

不敌时间的颓废

那一刻

想面壁,想破壁而入,想

作壁上观,或将

身子嵌入山体,成为

贺兰山脐下的刺青

牧猎,祭祀,娱舞,交媾

用一把弯刀与岩石对语

简练,深刻,率性

交付繁复的一生

---

〔1〕 贺兰口踞贺兰山中部,三面环山,乱石峥嵘,老柳轻拂。坍塌的明长城横亘关口与银川平原间。关口岩壁多岩画。其中,一面石壁上,刻有一副简洁的桃形人面和两只纤细的手的图形,据考证是母权时代两个部落女性首领的手印——征服者与被征服者的契约。

手之功能俱废,不要指向
仅用左手拍掌印石,表现
抚慰、构陷和放弃
充耳不闻月夜的胡笳与羌鼓。
勒石为证
只为一次誓言。一次
断腕的契约

在恒山

我知道
朝圣的路
没有过平铺直叙。
造神者始终将
供奉的庙宇
置于峰峦和绝壁。
斧凿的岩石
笔直的松木都是
深厚的基础和支点。
钟声和风一样遥远

在恒山
我看到了悬空的寺庙和
一炷孤悬的炊烟。
这不同于焚香者
散乱的祈念

我还看到
朝阳和落日像
两枚图钉,将善恶
钉在仰视的高度。
下山的路将
罪赎分于两边

七夕,从日月山到青海湖

如此悠长的一天。
从大通山到青海湖
舒缓的草,整天的云一路
相随。草滩铺排汉唐的句式

我知道这悠长的一天
青藏高原突破忧伤的局限,
吟诵西伯利亚蓼、棘豆和芨芨草。
吟诵迷失的星座。
我叙述的这天向晚,
飞过鸬鹚和斑头雁
寂寥比高原还高

在日月山口
我按下云头,回望一个民族和另一个
民族的来路,哈达绕缠的峰峦。
摔碎的眼泪和镜子,依旧
映照坚冷的戈壁。
西行的公主,你在哪里

此刻,青海长云暗去
雪峰消隐,二郎剑插向湖心。

我站在剑的锋芒上,念及
远方。我爱的人和爱我的人
都在光芒之外,遭遇和艳遇
也已忘记。只是
今夕是七夕,半空的月光
提醒了呼吸

是夜,银河灿烂
青海湖完整的黑色覆盖了我。
琥珀中的昆虫,向死而生。
这一夕,我随风诵经幡,出没
高原、盆地和平原

古宁头[1]的夜晚

此时,132平方公里的巨岩
浸在不可击穿的黑色里
像某年秋夜的海水一样黑
像书写某段历史的墨一样黑

红色的凤凰木花在风中战栗
下弦月搁浅在空中
像弯曲多年的白骨

---

[1] 古宁头,金门地名。

过淠河[1]

过淠河时
天色正晚。初冬的雨没入
河里,流淌,远离大别山
像七十年前涉水而去的战士
死得无声无息。
也有踏着异乡的骨头
走出来的,像白马尖[2],
成为高峰

---

[1] 淠河,流经安徽霍山县、岳西县和六安市区的一条大河。
[2] 白马尖,大别山第一高峰,海拔1777米。

赴醴陵

在去陶瓷城的途中
我看到
一位瓷一样的女子
在水田里插秧。
她和细雨,给醴陵
上了一层绿釉

初夏的窑火正炽
我浑身燥热。
每迈一步,都现
釉下的五彩。
而此刻,雨水洗翠
秧苗栽于云天
我似见
伊身隐秘的青花

情至论或南尖岩[1]及雾

在南尖岩
我将一场晨雾,视为
一场情事,浩阔而玄秘。
拾级而下,又拾级而上
陡峭的每一步,都晃动
整个山峦

昆曲余声的江南已无新意,
雨滴从一枝柳条,落向
另一枝柳条,
万历年间题下的诗句
我已无法认出

那一刻
九叠瀑像一袭白衫女子
寻求深潭与一株梅的影子
将自己一次次摔碎,又一次次
收拢自己的白骨与花瓣,
跃下。这九死未悔的水

---

[1] 南尖岩位于浙江省遂昌县西南,主峰海拔 1626 米,风景秀丽,有千丈岩、九级瀑布等景点。明代著名戏剧家汤显祖曾任遂昌知县五年,誉遂县为"仙县",称自己为"仙令",写下了千古名作《牡丹亭》。

让我羞惭。而她
却只让我见识了一次
死去活来

南尖岩如一座沉重的亭子
浮于雾中。我确信
汤县令也曾与我一样,浮于
如此的雾中。
悬空四百年的坟茔,也浮于
雾中,生死有着浩大的空间
——生可以与死,死
而可以复生

在遂昌石坑口村听昆曲十番

走到村口的樟树下
众叶正翻飞着亮色

山峦横斜,如顺势拉出的
弦弓,将我弹回万历大明。
丝竹的江南,烟雨拉魂
工尺谱里溅出清丽之声

四百年只以长亭短亭句读
何时笙箫默?
九云锣每敲一下
都现梦里梦外,都现
雨燕振翅的暮晚。
都想抬腿高迈,随那
甩出的水袖,喊出
悠颤而透凉的长调

慢过六尺巷

百米长的巷道,走了一刻钟。
与同向或反向的人相遇,
没有撞肩。侧身
各自让过的三尺,十分宽敞。
但我走得很慢

年少时,我用十二秒跑过
同等的长度,耳畔呼啸。
而此时,清风贴着灰色墙壁
徐徐吹来。高大的香樟,
在六尺之外耸立,枝叶相交

我走得很慢。
我在换算
速度,宽度,与高度

在太仓:从浏河[1]到长江口

我们在浏河畔顺流徜徉
粗大合欢树的影子扑向河心。
一边七月十一日的零星雨
落在河面上,像荡漾的丝绸。
一边桑榆杨槐立于一些院落
像静泊的宝船,放下了桅帆。
古镇弥漫珠光与香料的气味

整整一个上午我们都在讨论
情绪与情怀,格调与格局。
惊叹碗口粗的棕缆吊起或
放下的千斤铁砣,
一个人的意志与分量
以及他的七次出发与一次抵达。
谈论内河、长江与远阔的海洋
一辈子所遇的风暴和远航。
我们论及的主旨宏观而具体

长江口那么宽大

---

〔1〕 浏河,位于江苏省太仓市东部浏河镇,通长江,入东海,江尾海头,江海一体,十分开阔。1405 年 7 月 11 日,明代著名航海家郑和从此起锚,七下西洋。

前朝和异域离我们那么近。
那一刻,站在东海的甲板上
我感到整个太仓在挣脱陆地
起锚开洋

在泸州[1]

相遇泸州
熟络如乡党。
出川入川者
顺江而下,或逆流而上
多在此推杯换盏。
一席贪欢,忘却了
蜀道难,归途远

曾在清溪[2]畔摆下春宴
胡豆花香扑杀我。
晚风吹散半天星,
一颗星子一杯酒
我把泸州作庐州[3]。
倒下一坛又一坛
哪分他乡与故乡

面对溪水思见君,

---

〔1〕 泸州,位于四川省东南川滇黔渝结合部,盛产白酒。
〔2〕 清溪,位于泸州纳溪区大渡口镇,古时有名的水码头,往来长江的船只多泊于此。唐代大诗人李白沿长江出川东下时,在此写下"夜发清溪向三峡,思君不见下渝州"的诗句。
〔3〕 庐州,合肥的别称。

唯对皓月碧波饮。
杯中隐约山和水
四百年窖藏魂与魄。
眼含雾气伊人远
你侬我侬今何在！
十一省流经长江水
九曲回肠分我神

这些年啊，一程程
长途奔波山水迢，
多少良辰错过了。
罢罢罢，来来来，
不去多想，陪我一樽！
今宵沉醉月为盏，
明朝归舟酒作流。
川滇黔渝交集地
飘香中国一酒坛

苦夏三叠

苦夏 I

今夏最热的时候
空调坏了。其实
也不是坏了,还制冷
只是风叶如飞机的螺旋桨
飞旋的轰鸣让我难以入眠

在与儿子凑合一床的两夜
我依然没有睡好。
烈日烤炙的土地与相持的低气压
在我们的居所之外,但我
依然没有睡好。
沉静的冷气与加湿器的雾气中
渐行渐远的儿子背对着我,
梦想清晰,呼吸有力。
他贪凉的粗壮的大腿、结实的小腿
露在外边,宣示他处事的实力。
我喟叹自己的松弛,懈怠与老去,
面对这个世界我已声嘶力竭。
依赖白色药片平息的血液的轰响
成天在体内左冲右突,让我躁动

又疲乏。我拉过温良的棉被,
盖好我们裸露的部分,
热气腾腾的夏夜,隔在居所之外

家国诸事如杂糅的草药汤汁
依旧在体内左冲右突。
烈日在不远处依旧叮叮当当

苦夏 II

拆旧空调的工人来了
带来捆系他生命的长索
大包小包,妻子和儿子。
他把自己从楼顶吊在半空
又把空调外机从空中放下
他将妻儿晃荡的目光吊向半空
十点钟的烈日下没有他的影子。
妻子在地面打着下手,仰头
提醒丈夫注意安全,低头
呵责儿子今后要好好学习

午后,安装空调的工人来了
带来捆系他生命的长索
大包小包,两张年轻的面孔。
他们把自己从楼顶吊在半空
又把空调外机从地面吊上空中
……

新空调真好,冷气安静
当夜我却没有睡好。
凉爽的空气中轻浮些微的气味
但我确信不是新机器的味道

苦夏Ⅲ

防暑降温的会议正在召开。
冷气中与会者个个西装革履。
透过落地窗,我看到
闪着刺眼光芒的楼群
热气在街巷里蹿腾

十一点半,会议仍在进行
蓝玻滤过天光,云层暗淡。
我知道窗外烈日蒸腾。
辐射的暑气让我恍惚
我看见海市蜃楼的城郭

会议即将结束时出现一阵骚动
与会者的目光集体转向窗外,
两三个腰缠绳索的人突然悬在
玻璃的另一面。
确切地说是悬空的一排人。
我听不见他们互相说什么
我与他们之间隔着厚厚的

能滤光又能隔音隔热的玻璃。
我能看见他们正用力挥动刷子
每挥一下,外边炙人的雾霾
就愈加清晰。
他们看不见正举行的会议

散会后,
我们各自提包走出大楼
疾步各自钻进车里。
透过车窗玻璃我抬头看去
一个,两个,三个,一排人,吊着
在半空中晃动,命系一线。
烈日拍击,玻璃大厦通体发光
我头晕目眩,不能久视。
一个,两个,三个,一群麻雀
飞过,映照在滚烫的玻璃上

与子书三叠

与孔子书

四月将至,春水东流
逝者如斯夫,不舍昼夜

晚生虽未能聆听教诲
但熟读夫子留传的《论语》
两千五百年过去
我们依旧逃不脱仁义礼智信
我们依旧缺失这五味苦药

那年在曲阜
手抚你植下的桧树
如同触碰指引的巨臂,
随你十四载,周游列国。
壮年之后,我克己复礼
择善者而从之,思无邪
写诗,乐山又乐水。
却对时局与人心的叵测,
常感困惑。兼济的沸水
几近止息,如临渊履冰。
我也曾如你一般,在一座

城郭前迷失过,
累累若丧家之犬。
但朝闻道,夕死可矣。
你我都是理想主义的大个子

而今,年知天命,我信天
信命,每日心中仍念诵——
"我欲仁,斯仁至矣!"

与庄子书

愈发爱先生的瑰丽之论
在对立中消弭、统一

三十岁前
如你所言,我怀鲲鹏之志
炼翅,飞翔,拿天边云
冲击九万里的宽度

三十岁后
附同你与惠子的濠梁之辩
收敛疲惫的翅膀,乐做
一片水域里游动的鲦鱼

而现在
我的梦越来越轻
卸却了背负的泰山

立在枝头,为一只蝴蝶

忘我。忘成心,机心与分别心
此生,外儒内庄,自然而然

与墨子书

在非儒即墨的先秦,
我定会陷入两难。
本与标,动与止,是与非
选边站队,我必随先生
同为"北方之鄙人"

我敬重奔走列国的短褐草鞋
摈弃坐而论道,身体力行。
先生巨子,兼爱天下人,
敢与鲁班一起抡斧拒敌,
阻止以利刃斩断王旗

二十一国山水纵横,
哪有什么儒侠,
只有死不旋踵的墨侠。
身怀匠人绝技的你,终生
只为打造一个坚固的"义"字

你非攻的战士。
和平主义的述而并作者。

我幻想成为城市猎人久矣

却至今仍是待沽的儒生，

离你 2400 年圈禁的狮子

秋浦三叠

秋浦河[1]畔念李白

风中的石楠与女贞,翻动

暮春之光,万千树叶上

闪现缤纷的诗句。

在秋浦河畔,面对

一心北上的河水,面对

再也无法越江而去的河水,

我只想起李白。

长江,是他与唐朝最后的界线

长江很近,长安很远。

渭水之冰冻结了还国的归舟。

而皖南,备下驱寒的炉火。

三千丈愁丝,不算垂长

石台有引你的灯盏与渡口。

有一剂葳蕤又镇痛的草药

就着秋浦的碧水喝下吧

---

〔1〕 秋浦河,原名秋浦江,又名云溪河,源出安徽石台县,全长180公里,水自南向北流,至贵池杏花村杜坞入长江。唐朝大诗人李白于天宝八年至上元二年(749—761)间,五游秋浦,写下《秋浦歌十七首》。灯盏渡、水车岭均为秋浦河畔景点名。

祛你心尖的积雪

秋浦好啊,可以钓千重山
秋浦好啊,可以观白鹭飞
秋浦好啊,可以消万古愁
三百六十里渌水,淘洗断肠
看花,饮酒,写诗,写十七首
将猿声与秋霜,摁在水车岭上。
出门仰天大笑的行吟者
何曾委屈过一寸山水!

何曾摧眉折腰事权贵?
唯在秋浦,你,低头礼白云

秋浦河漂流后返钓鱼台

换上蓝花沙滩裤和白T恤
穿着拖鞋,我们逆水走在岸边。
击水的桨,搁在漂行的尽头。
湿衣衫与急流冲撞的欢声
提在各自的手中。
河滩松软,向晚静寂
秋浦若完成激情的少妇,
安顺而乖美

夕阳照在绵延的山峦之巅
一条金色的秋浦,横于半空。

苍郁的林木,举着这一天
最后的光亮,让我见着火焰。
前边快步的年轻人啊,
不断地老去,曾让我懊恼
但我从未怀疑再生的活力。
前半程的奋力划行,让我
早于你们冲过了几重险关。
先前不断打湿的前胸后背
在夕光中被体温渐渐焐干。
我的手臂,已生成
加长的双桨。我的岸
不在两旁

我横于半空的半生的亮色
能配得上这青山碧水
与你的青春吗?

游白石岭至百丈崖一线[1]

我看着那些散落的巨石
在涧流冲撞中,静如
一派羽毛。阳光从裂谷的顶端
注射下来,多年前崩落的疼痛
没有了。当初与山崖离析的

---

〔1〕 白石岭,安徽石台的一个古村落,初建于明洪武四年(1371年)。百丈崖,皖南西黄山余脉,谷幽,泉清,瀑多,潭深,林密,峡谷地形,风景秀丽。

生硬剖痕,没有了。
一万里的青苔,卷在石中

有人在起伏的索桥上高喊
但再无一粒块石坠入溪中。
百丈崖深藏江南的叹息
像我按捺半生的暴脾气。
没有了。再生的樟树
像收不回去的手臂与脚步。
我的影子,锲在壁岩里

在初夏的林中穿行,
水声越来越远,似在挣脱
耳中的河床,挣脱
进山前呼啸的红尘。
我们安栖的巨石何在?
刚才,在山径的拐弯处
我将一棵倒伏的槐树吃力扛起
但重置的丛林何在?

这短暂的静穆,让我想起
徘徊不舍的白石岭
唱着《目连救母》[1]的古村落。
我前世亲手搭起的马头墙
马首高昂,只不见嘶鸣

---

〔1〕 石台目连戏是一种传统戏曲剧种。明代戏曲家郑之珍于1579年间,在石台秋浦之剡溪(今大演乡境内)编撰《新编目连救母劝善戏文》。

濮塘三叠

湖光与云影

此刻站在高堤上
看细浪将阳光送往彼岸
看云影移过时,群山的苍翠

此刻的风轻爽又明快
我的头发与香樟的叶子
一起摆动,方向一致

我整个身子在马鞍山
东部摆动。我的心
在剑湖摆动

碧水就在眼前
掠水而去的山雀,就在眼前
唐朝诗人与仕女,就在眼前

那么多山投向湖水
那么多光敛于湖面
又焕发那么多隐秘的景致

此刻的我已一分为二
一半在湖里
一半在天上

此刻的我已合二为一
久远的我此在的我,还原真身
在云水间

进山遇古白果树

湖水漾及的彼岸
其实是一架又一架的山岭。
剑湖映照着碧山
定会映照进山的我

在濮塘的山林里
我一路喟叹植物学的缺乏
我间断唤出了小众花木
让我窃喜又羞愧。
而我不能唤出名字的大多数
正是丢失的一个又一个我

当一阵风和一只白头翁
从乔灌交集处突现时,
一棵巨大的古白果树
也独自闪出密林——
枝头挂满新鲜的唐朝

遮天的树冠托举着夕阳
一把火炬照耀江南省

这忽现的一千二百年
让我记起前世的本名

白露次日午后观濮塘竹海

在进入这片高挑的海洋前
我站在另一片绿意铺开的高坡上
观望它五千亩的总面积。
风将圆阔又斑斓的浪
一次又一次送上远山，
但我听不到力量的声音

一个漂泊半生的中年人
很多时候只凭听自己的内心。
我只需它漫山遍野的半亩。
半亩的萧萧竹
半亩竹叶上清凉的露水。
听风，听没有疾苦的声音
煮茶，煮出人世潜存的味道

我甚至不需其间的黄鹂与百灵
婉转的声色所见太多。
我只需置一张琴
一次弦动，就有叶片落下

另一次弦动,落叶又飞结枝头
月移,或雪飘时,辨认
漏失多年的那一部分。
辨认自己空出又围堵的生活

庐江三帖

在大堰塘[1]观白鹭飞

我惊讶一座小洲悬于
局限的水域——
千百只白鹭轮番翩飞
轻盈的白线条,提荡
大堰塘中孤立的土木

这些坚定的迁徙者
不知飞了多久
才发现自己的乐园。
但肯定飞了一程又一程
有过焚心的弃别与抉择。
它们用独立和水面推开
与陆地的距离,保持
性情与归宿的统一。
而这距离,止于美
止于我们目力所及

---

〔1〕 大堰塘,位于安徽庐江乐桥镇,塘中心有一小岛,杂树密被,四面环水,无法计数的白鹭迁徙至此,筑巢繁衍、四季飞翔。

这些年,我随遇而安
奋飞后落地的孤岛
早已成为一圈句号。
我拍击四岸的心潭
只映有白鹭的影子

实际禅寺[1]的蝉声

斋堂素餐后的正午
独自沿大雄宝殿绕圈子
千万只夏蝉集体长鸣
烈过骄阳,庙宇
坐落于庞大的蝉声里

雨后,众叶闪着白光
但不知哪一片叶子背后
隐匿蝉鸣。榉树、香樟、
榆槐与丛生的翠竹
每片树叶都在震颤

路遇与我反向而行者
他们在谈论肉身不腐
而冶父山潮湿又空远
铺陈阳光,寺院宁寂

─────────
〔1〕 实际禅寺,位于安徽庐江冶父山东部南麓,建于唐昭宗光化元年(898年)

我只闻蝉声未见一只蝉

谒周瑜[1]墓

绕着你的墓茔
我走了三圈。
雨后坟草如将军的盔缨
在微风中晃动
我的思绪聚来散去

每绕一圈
我都想到一个地方——
丹阳,你获太阳般的友情
皖城,你得完满的爱情
赤壁,你焕火一样的豪情

周郎啊
你三十五岁前占领的三个城池
我五十三年也未抵达一域
至今我依然在风中晃动
周郎啊

---

[1] 周瑜(175—210),字公瑾,东汉末年名将,合肥庐江人,终年35岁,庐江为周瑜首丘之地。在丹阳,借兵孙策,结下友情;在皖城,初见小乔,获得爱情;在赤壁,大破曹军,焕发豪情。

临泉三帖

民国临泉县衙旁的向日葵

沿着潮湿的沙土路边走边看
荒草各自摇曳,如街旁的摊贩
吆喝声此起彼伏,瓜瓤鲜红

我们像赶赴议会的乡绅与
外省归来的思想先进者
交头接耳,或高声谈论

前面就是民国
长袍马褂的县长在衙门口
将礼帽贴着胸前,迎候着

马匹拴在石柱与木桩上
自行车的铃铛闪耀光芒
我们即将讨论皖西北的大计

东墙外几亩向日葵正昂首灿烂
像一杆杆立式扩音器
向着太阳热烈陈述

赴木一博览园途中

分开林海的乡道,像分开
古沈子国美女秀发的头路,
在阳光下闪现晕眩的白光

我一边逃避入伏的烈日,
一边急速思考毫无屏障的平原
蒸腾的水汽让我恍惚

我似乎遇见知名未见的许多人
遇见一队挺进中原的大军
遇见七十二岁垂钓前的姜尚

在去木一博览园的过程中
我一边辨认中原的地貌
一边记住了路旁偶聚的植物

远处绿叶旋生的玉米高于
中间的芝麻。花色紫白的芝麻
又高于藤叶匍匐的山芋

它们次第而居,各自生长
平坦的土地呼吸起伏
有了各自的峰峦

在临泉县城西瞻拜古银杏树

站在树荫处,我端详
一株唐朝植下的银杏树
顶着骄阳,我的影子
消隐在它的投影里。
九棱十八丫、七十二枝杈,
一柄巨伞撑开
黄淮平原西南万里晴空

临泉的作协主席告诉我
要许愿,要绕树三匝。
我带着自己的影子
在伟大的阳光下,默想
心中的祷词,轻放脚步。
我避过满地坠落的白果
似已成为神木的三圈年轮

一千四百年了
多少果实与诗句曾缀枝头
又有多少黄叶飘零后
重新跃上枝头?
虬根抓地处,马蹄与脚印
还在,只是不见了闯王
与飞奔后在此稍息的战马

金寨三叠

马鬃岭[1]随想

我甩开一路张望的人
独自穿行于山林、瀑布的轰响。
向晚前的秋阳,释出
善意与最后的热烈。
山涧收拢摔碎的水,幽暗远流
而大别山绵延的脊背
闪现明亮,在微风中波动。
一匹青骢马在九月奔跑

马鬃岭啊,跑过多少骏马
多少匹马的鬃毛飘动如帜

我熟悉青骢马的颠簸。
了解它们的体态与习性。
它们四肢强壮,胸阔鬃长
"风入四蹄轻",蹄声绝尘

---

〔1〕 马鬃岭位于安徽省六安金寨南部,大别山主峰之一,山势雄峻,如天马振鬃行空。明崇祯八年(1635年),李自成荥阳大战后,从此地率部东进,因山路奇险,部队行军缓慢,李闯王挥鞭催马,一纵而过,遂更名马纵岭,后取谐音"马鬃岭"。

在崎岖的路上,常大汗淋漓。
每次挣扎的梦里
每次晚宴的喧嚣、大酒酣畅
每次在河边一个人的疾走,
我脑后的汗水总是多于额前
我的瀑布大都悬于脑后

汗透马鬃啊,松针有着暴雨
蹄声有着暴雨。空气
摩擦我的双耳,有着暴雨。
"青骢惯走长楸日,
几度承恩蒙急召"?
马鬃岭,马鬃岭
从青葱,到青骢
我虽两鬓由青变白
没变的是我青白之眼

十二檀[1]

我们走走停停,
但涧流的撞击声
从未中断。
一支孤军挺进
如柔软又决定的溪水

---

〔1〕 大别山腹地的安徽金寨花石乡大湾村,有十二棵青檀树群植挺拔,树龄超过一千年,此地因此被称为"十二檀"。

在乱石间夺路

在金寨县大弯村
是可以忽视水声的
是可以忽视其他植物的
十二株高耸的青檀
携带坚硬的疤痕
在大别山腹地站了千年
又站了八十多年
像出击的战士
凯旋后,重守故土

在吴家店与中心学校初中生跳绳

立夏节的火把噼啪作响
光焰照亮整个鄂豫皖
烈火锻制的吴家店
像大别山腹部怒放的杜鹃

血的颜色,旗帜的颜色。
土地的颜色,太阳的颜色。那天
我与许多快乐的红领巾,在操场上
跳绳,绳子很长,二百四十公里。
这是操场与我书房的距离。
两个红领巾使劲摇着绳子,我和
另外十几个红领巾排着队,一跃而上
我跳得很高,看得见

山洼里的希望小学和每一杆红旗

看得见遍布山岩、让人几欲一死的杜鹃

——七十年前散落的热血

我落下时

关节疼痛,向群山屈膝

鞋底粘满红土。我不擦掉它

带回合肥。从一个省会[1]

带到另一个省会

---

[1] 金寨县系抗日战争时期安徽省临时省会所在地,吴家店镇位于该县西南。

科尔沁三叠

在扎鲁特草原[1]仰望星空

科尔沁的夜暗如大海
我们在星空下摸索前行。
拨开青蒿、狗尾草与野芦苇
一个草原被分为两瓣。
我知道风毛菊与田旋花
在夜色遮蔽处各自开放。
山的褶皱,不可见
草木的起伏,不可见,但
凉风、花香和我们弥合了
扎鲁特草原的完整

星空多么清晰
那么多星星聚在一起
我依然能认出遥远的名字
天秤、天蝎、金木水火土
天庭的秩序让我欣喜,
像我年轻时写下的汉字

---

[1] 扎鲁特草原,内蒙古通辽的一个草原名,中国四大草原之一科尔沁草原的组成部分。

没有潦草,直视无碍。
而此刻银河荼蘼
织女星亮过牛郎星,
一颗流星划过扎鲁特

大熊星座一低再低
北斗星仿佛触碰我手指
仿佛牵我引我。
仿佛我从来没有迷失过

宝古图[1]滑沙

翻过一道沙垄后
又爬上了一道沙垄

我赤脚仰身从丘顶
滑向欢呼的人群

快速的下滑过程
我只用了十秒

沙子细柔
一百年前的诺恩吉雅
美丽与乡愁没有想起。

---

〔1〕 宝古图沙漠,位于内蒙古科尔沁沙地腹地,辽代广平淀千年古战场尘封其下,美丽姑娘诺恩吉雅远嫁的故事尘封其下。

沙子坚硬,
一千年前身下埋没的
广平淀的铁蹄与弯刀
没有想起

起身拍落裤管的沙子
远处,沙蒿与黄柳
触及夕阳

在双合尔山白塔[1]旁

在山前
我们还是走散了
有人骑马绕湖去了
有人在寺门前树下打坐
我绕着山脚找上山的路

经幡在山道旁扑拉展动
双合尔山傍晚静寂。
我提着一口气
提着一双颤抖的膝盖
提着草原,登上峰顶

此时,夕阳正在沉落

---

[1] 双合尔山白塔坐落在科尔沁的双合尔山上,建于清雍正十二年(1734年)。双合尔相传是鹰的化身。蒙古语"双合尔",汉语即鹰。

前朝的白塔像王冠
戴在科尔沁苍茫的头上。
鹰神啊
请度我匆忙的身心

阵阵风过
群雁似箭雨掠过湖空
暮色已生成另一个草原

煤桃三叠

地球是一只光明的灯笼

向下,向下,再向下

我在草甸挽起的高原之下
我在连香树根须搂抱的盆地之下
我在举着泡桐的平原之下
我将这典型的植被
置于我和大地之上。
我远离附着的草、飞鸟
风云划过的天空。
我向下

我远离地平线与浅显的快乐。
我用搂抱爱人和娇儿的手
撑开挤压的岩石与时光
被束裹的能量。
我是黑色的核,
我在你们历经之地的下方
我在下方的深处,
谛听人类和地球的心跳。
我所抵达的每一个深邃的层面

朝霞都在铺呈星空都在闪耀,
都有古远的燃烧。
我能在碎落的石块上认出
鹦的羽纹,羊齿树
折断的珠泪,以及昨夜
爱人蓬松的发式。
她们有着原木初始的芳香

我向下
我掘进
我是轴
坚定的轴
转动地球的轴。
我开凿的每一条巷道
都是光芒纵横的龙骨。地球
是一只光明的灯笼

炽热的深度

我惯于一切明亮的事物
像我惯于平静的黑暗。
天宇晦暗,悬挂太阳、上弦月
钉满繁星,苍穹充满
黑亮的一面。
我所经历的光明与黑暗是一体的

我会避开这光辉的高度。

201

在呼吸晨露的亮泽之后
下潜,潜到地质的深处
将熠熠生辉的平原
置于我头顶之上。
我要在大地的腹腔,打开
包裹的黑暗、坚石和火的经脉,
让每一块煤
都醒着,飞舞着
有着蝴蝶和桃花的姿势,
让每一个掌子面和巷道,
都闪现乌金的光芒

我选择一种深度的站位
垂直的或倾斜的,
有着炽热的深度。
把钻机的轰鸣留给我
把沉寂的黑色留给我
把浸润汗水的煤石举出地球。
这是我的赠予。这份赠予
钢花飞迸般精纯。
我迷恋与黑色恒久对话,
这静默的火焰有着
庞大的重量。
我在时光深邃处雕琢,
我的作品是通体透明的地球

夭夭之桃

我们都是种植者
河边插柳,绕屋桑麻
在雨水里植下榆槐和苦楝
植下一株明艳的桃树。
爱人腰身般明媚的桃树。
这四月的火把,照亮
稻畦和我隐秘的劳作

我开掘深邃的坑井
排除了二元论和先验主义,
如断落的光,从一到零
到零之下,到敛燃的岩石。
这逐渐下沉的高度,
有着火焰的悲悯

我在地质岩上栽下桃树
把根向深处扎,把繁星
钉入暗夜的天穹。
我撞击,我周身晃动,
像射入陨石的箭挤开
坚硬与黑暗。像五指
抓握积雪的乳房,炙手可热
掌心流淌胀裂之纹

我和你们不同之处在于
我拒绝了灼灼其华，
在临近孤独的土壤种植
夭夭之桃

拜四门塔[1]

秋阳镀亮整个青龙山
石头垒砌的塔顶闪着光
愈显慈悲的高度
我绕塔一圈又一圈
想祂轮廓的繁简与比例

向晚时一阵风来
低头进入塔身
各有名号的大佛
从整块大理石里跃出
颜面丰润,露出慈目,
柔和盖过晚霞

这世上不乏造高塔的人
七层九层,独门盘旋而上
凭牖见烟岚,俯首看苍生
唯这方塔,在人间
筑单层庭阁,四面开门,
容纳尘世飘来的烟火

---

[1] 四门塔,位于山东济南历城区柳埠镇青龙山南麓,中国现存唯一的隋代石塔,中国现存最早的单层庭阁式石塔。

此时,夕光四方涌入
我择一扇,弓身走出。
一旁历经两个千年的古柏
正枝叶摇动。山间漫动
大片栗桃透熟的气息

江南的香樟

在江南的日子是快乐的。
这种快乐很直接,可能是云影
越过自己,投射在丛林上。
也可能是阳光长长的斜射,
远处山顶明亮。
我的快乐,简单,随时随地。
那些偶发的现象,每每让我
烦乱的心思平复下来,像一阵风
晃过香樟林,喧响那么短促

热爱植物是否意味着我的老去
是否显现对一种生命的恒常
以及旺盛、轮回的迷恋?
在一株香樟树前徘徊或伫立
是在找回前世的形态吗?
注目村头巷尾散布的,或山间
小面积聚立的香樟时,为什么
让我激动如溪水
激动如溪水撞击乱石?

面对任意一株香樟树
我都视为可抱头痛哭的同类。

就那么兀自立着
不见山外所有的演变
也忘记曾经的雷暴。
几百年不问红尘事
以香气驱虫、避邪
做一个质地坚实的父亲
树冠如伞,荫庇后代

体内有致密的纹路
有一寸一寸抵制的疼痛
也有缓慢扩张的疆土

亮马河的第二夜

第二天半夜醒来
忽然感觉睡在自家的床上
梦依然具体
我依然从左侧下床

早晨,我摸黑走到窗前
拉开厚重的一层窗帘
穿过白纱的阳光与北京
让我瞬间闭起双眼

亮马河波光悠长
成群的马匹从水中上岸
梦中的那匹白骏马
从松软的河滩向我飞奔

二道白河畔的岳桦

在二道白河畔
我听不到黑亮的涛声。
阳光照耀左岸,风行右岸
岳桦狂乱的梢头,声响遥远。
四月的东北亚
雪线依然悠长,
银色的呼啸,使我惊悚

我惊悚于一个群体的幽居
在这背阴的北坡,即使
根叶埋于经年的雪底
即使思忖的手臂褪为白骨,
高冷的思想者,没有褪下凛冽。
没有桃园鸡犬
没有竹林酣饮,
岳桦坚硬的呐喊
依然让人不寒而栗

在苏嘉杭高速公路上

苏嘉杭高速公路两侧的夹竹桃长势良好
一簇簇紧挨着,红色的白色的黄色的
像夜总会甬道旁裸肩的两排姑娘。又像
仪式上捧着绸缎绕结的花团、等待
剪彩的列队的仪女。这些饱含毒液的植物
随风与无遮拦的阳光集体摇曳,晃动我。
飞鸟在空中展翅飘滑,我有
片刻的晕眩。想起少年在河里裸泳
荡过腿间的水草

这些年来,常行于高速的路上。
我无视无端的神性和毒性。
大河裂土为岸,鳝鱼分开愈合的水面。
也无视猛于整体的小众。路的巨蟒将
钩吻、曼陀罗和雷公藤隔在
我的两旁。我尊重这样的划分和穿越。
我们拥有各自的场域

无意探究一条路与一排夹竹桃的关联。
我只是经过,偶遇。经过劈开空气又瞬间
平复的一条路。看过一些不动声色的

葳蕤之花。像少年时
游过一条河，一根惬意的水草
滑过敏感的肚皮

观迎驾酒厂女工踩曲[1]

佛子岭有披挂整齐的翠竹，
宛若三十岁的青衣。
穿行其间，仅闻竹根透出的水声
我已是醉汉

此地适宜酿造啊
大别山搅动风云，淠河冲和
醉意的空气，乾坤卦象明晰
无须只在端阳踩曲

舀剐水[2]，浸山花，濯一双柔白之足
上悬不足百斤娇躯，在咫尺间踩踏。
脚踩曲模[3]左，发甩曲模右
脚踩曲模右，发甩曲模左
脚踩曲模前，散发遮秀颜
脚踩曲模后，垂发如瀑布

---

〔1〕 踩曲，酒曲制作工艺流程中的一个环节，用人工将制作酒曲的高粱、米、麦等原料踩踏成块状——曲块来。中国酿酒有端午踩曲、伏天踩曲的传统。古老的习俗要求踩曲的女子体重在95斤左右，并且是处女，用鲜花泡水濯足后来踩踏完成。踩曲前有9道工序，踩曲后有59道工序。加上举杯畅饮，共需69道工序。

〔2〕 剐水，大别山区天然山泉水，从竹根渗出，清澈、透明，可直接饮用。

〔3〕 曲模，填充制作酒曲原料的木制长方形框子，规格一般在36cm×23cm×10cm左右。

双脚轮替,若即若离,如风过竹叶
如蹈舞,如踏歌。
宫、商、角、徵、羽,发扫丝弦。
五谷臣服啊,五谷欢畅
烈酒显现最初的形态

此伏彼起的形态
在我背上踏歌的形态。
于虎背和熊腰上植入沸点
植入高粱与米麦的69道密码。
一杯酒斟满,饮下
除去时常的欣喜与忧寂
我的一次醉,竟历如此复杂的过程

过太仆寺旗[1]

我自魏国来。
旗地三国属曹魏。曹操是我的老乡。
楚头吴尾,魏是我的真身

南国北疆相望,各自狩猎、捕鱼。
你骏马如雪,我湖鱼似银
草原与湖水一样开阔

你的长调着火,越过敖包
我的短曲蘸水,拂过柳条。
我们都唱情歌

众草起伏,羊群若白色的乱石
长在贡宝拉格。
江水东流,似蓝色的哈达
飘向草原般的大海

马头琴呜咽啊激扬啊
像蜿蜒的江水
箫笛幽远啊悠长啊

---

[1] 太仆寺旗隶属内蒙古自治区锡林郭勒盟,在三国时期与合肥同属魏国。

像辽阔的草原

夏风吹过的土地
姑娘一般芬芳
金莲花、马兰花、茉莉花、栀子花
你们都是杀我的毒药

你用下马酒迎我
我用踏歌声送你
从平原到高原
我的每一步都显醉态

太仆寺啊,草原人
你我自古,就一国相亲

去年此时,与余怒、罗亮[1]同游桃花潭

潭水流动中,我听到了踏歌声
声声慢,桃花飘落
云影成为轻舟

晨岚洇湿群山
一层又一层,像昨夜
环抱的胳膊,柔软而确定
青衫,水袖,鸟的翅膀
隔着流水,招着风
是扬起的落寞
是旗幡,也是千帆

你们对着柳树起誓
你们抱着松树稳定情绪
你们满身都是蹿高的藤条
而我是鹤,孤立在月下
曲起疼痛的一条腿

---

[1] 余怒、罗亮,当代皖籍诗人。

皖　南

我在想
如若没有长江以南的安徽
中国的思想史要改写
绘画史、戏剧史要改写
文学史要改写,甚至
革命史也要改写
长江没有像黄河一样
夺淮入海

一条江,和它推开的南方
突出了事物的重要性

比如在宣城
如若没有敬亭山
没有相看两不厌的那一刻
没有踏歌的潭水
李白和我的诗歌史
都要改写

在皖南想起李白[1]

初冬时,我还在皖南山区
盘桓。山水浮狭长的烟岚
众鸟高飞,忽然想起李白。
李白的唐朝不在长安。
他与他的二百首诗悬在
幽阔的皖南

愁作秋浦客,孤云独去闲
泊舟采石矶,低首谢宣城
人行明镜中,看花上酒船
清溪清我心,千年未拟还
潭水深千尺,白发三千丈
孤帆日边来,岂是蓬蒿人
……
不做官而做诗的李白,
仗剑独行、背包客的李白,
羡煞我也!

合肥虽距长江百里,你也来过

---

〔1〕 李白一生五游皖南,写下了大量重要诗歌,有据可查的就有二百余首。本诗第二节皆为李白在皖南写下的诗句。李白于公元748年第一次到合肥,但旋即去辖区天柱山等地游览,未及留下诗作。

闻听诗心激荡,惜无诗句留下。
谢谢你为我空出了一千二百年!
长安如何,川蜀又如何?
你的皖南,即是我的皖南。

在乌拉盖看杀羊

一车子拉到了乌拉盖的傍晚
风吹草低,密集的羊群
似草原上凌乱的墓碑
白云一般白

热情的草原人,搂着我的肩膀
半推着我去看杀羊。
这是一档精心招待的节目
也是今晚饕餮大餐的前奏

一位黝黑的老牧人
在我们的注视下,解开
四蹄捆绑的乌珠穆沁羊
取下腰间的折刀
骑跨在它的腹部。羊没有挣扎

老牧人瞄了一眼羊的胸部
目光如刀,切了一个口子
又划了两下,三寸长,皮肉翻卷
没有流出血来。
他把刀换到左手,右手握拳
将整个拳头塞进羊的胸腔

手腕的黑毛与羊的白毛粘在一起
血没有流出来

他的拳头(应该是展开的手掌)
在羊的体内绞了两下,抽出
握着一个包裹油衣的跳动的白气球
"这是心脏,这是心脏""没有出血"
另一个中年牧人忙对我们解释。这时
头歪倒一边的羊闷哼了一声
老牧人用手捏住它张开的嘴巴
好像制止说出秘密的孩子
羊的眼睛上翻,用力看着空中的白云

老牧人满意地笑着,从羊的身上起来
蹲在羊的一侧,再次用折刀
从左前蹄到右前蹄,划了一道平直的口子
又在羊的前胸至腹部划了一条竖线
接着从左后蹄到右后蹄划了一条横线
横的口子竖的口子,连贯而辽长
羊毛向两边倒伏,像巨蟒分开草丛
羊的胸腹上,挂着两个皮开肉绽的十字
一颗流星分开了科尔沁的夜空

晚风吹伏九月的枯草
吹动似乎活过来的柔软的羊毛
篝火燃亮起来,羊的目光闪烁
老牧人目光闪烁

提在左手的小折刀刀光闪烁

大锅中的井水已经沸腾

最后的步骤正在进行

他依然用右拳塞入皮肉间，搋动

他要剥下完整的羊皮……

围观的人们赞叹着老牧人的技艺

赞叹着草原一样完整的羊皮

随后与夕光一起四散

等待一场手把羊肉的盛宴

后　记

　　新世纪第一个十年初,我的父亲去世了;新世纪第二个十年初,我的母亲去世了。我感到自己空了,这世上我依靠了四十多年的屏藩没有了。我一个人像是坐在悬崖边上,椅子没有靠背。我必须挺直腰杆,把自己的身子当成靠背。我没有退路,夕惕若厉,更多的是责任与坚守。

　　我的人生状态与我的写作状态十分相似。不少人为我20世纪90年代初停笔惋惜,认为我失去了原该拥有的更多的作品与荣誉。我倒不是很在意。能量守恒,我没有泄出的能量一直集聚在内,这可能让我在后半程更有爆发力与持续力,走得更远些。我仿佛一下子从青春直接进入了中年。我避过了十八年的江湖。没有恩恩怨怨,没有以分行的文字去谋名取利。我的生活与文字似乎更加健朗和开阔。

　　十八年后,我依然是条好汉。我仿佛死过一次。我仿佛死而复生。

　　我写下的,都是我亲历的、思考的。我珍惜我的后半生。我写下的每个字都是真诚的,诗与人是合一的。我排斥阴晦与分裂,拒绝说谎与虚空,葆守真实的自我。我弃情绪而抉情怀,弃格调而抉格局,弃呓语而抉意义,我视情感、美感、痛感与意义为创作的圭臬。我发现我的中年依然包裹着青春的内核,我的习性与做派依然来自青春的萌蘖与辐射。青春以及青春到中年的摆渡期,我并没有省略或越过,那些成长的东西成为我中年的能源。我的中年是强壮的,并有幸成为我独有的人生样本与诗歌文本。

　　写心,写自己,写生存的状态与环境,写热爱与悲悯。我想与这世界心灵相交。